Bianca

LA MENTIRA PERFECTA

MELANIE MILBURNE

HARLEQUIN™

Editado por Harlequin Ibérica.
Una división de HarperCollins Ibérica, S.A.
Núñez de Balboa, 56
28001 Madrid

I.S.B.N.: 978-84-9170-117-0
Depósito legal: M-24981-2017
Impresión en CPI (Barcelona)
Fecha impresion para Argentina: 14.5.18
Distribuidor exclusivo para España: LOGISTA
Distribuidores para México: CODIPLYRSA y Despacho Flores
Distribuidores para Argentina: Interior, DGP, S.A. Alvarado 2118.
Cap. Fed./Buenos Aires y Gran Buenos Aires, VACCARO HNOS.

Capítulo 1

ERA LA invitación que Violet temía recibir desde hacía meses. Llevaba diez años seguidos asistiendo a la fiesta de Navidad de la empresa sin pareja. ¡Diez años! Cada año se repetía que el siguiente sería diferente y, sin embargo, se encontraba mirando la tarjeta roja y plateada con un nudo de desesperación en el estómago.

Aguantar las miradas y comentarios de sus compañeras ya le parecía malo, pero estar en una habitación atestada de gente era una verdadera tortura. Con tantos cuerpos alrededor apenas podría respirar.

Cuerpos masculinos.

Cuerpos que eran mucho más grandes y fuertes que el suyo, especialmente cuando habían bebido alcohol...

Violet pestañeó para borrar el recuerdo. Ya casi nunca pensaba en aquella fiesta, solo de vez en cuando. Había conseguido sobreponerse. El sentimiento de culpa había disminuido, aunque el de vergüenza no.

Tenía casi treinta años y era hora de avanzar. Eso significaba que iría a la fiesta para demostrarse que había recuperado el control de su vida.

No obstante, todavía debía enfrentarse a la agonía de decidir qué ropa ponerse. La fiesta de Navidad de la empresa de contabilidad era considerada una de los mejores eventos en el calendario del sector financiero. No solo era una fiesta donde había comida y bebida. Era una gala anual con champán, comida de calidad, baile y música en directo. Cada año había un tema y se esperaba que todo el mundo participara para demostrar su compromiso con la empresa. El tema de ese año era *Una Navidad de estrellas*. Y eso significaba que Violet tendría que encontrar un vestido de estilo hollywoodiense para ponerse. No se le daba bien el glamour. Y no le gustaba llamar la atención.

Violet guardó la invitación entre las páginas de su libro y suspiró. Incluso en el café donde se encontraba todo el mundo iba en pareja. Ella era la única persona que estaba sentada sola. Hasta había una pareja que rondaba los noventa años agarrada de la mano junto a la ventana. Así serían sus padres treinta años después. Seguirían afectados por la magia que los había cautivado desde el momento en que se conocieron. Igual que sus tres hermanas con sus parejas perfectas. Construyendo un futuro juntos, teniendo hijos y haciendo todo aquello que ella había soñado hacer.

Violet había visto enamorarse a todos sus hermanos. Primero a Fraser, luego a Rose y, por último, a Lily. Había asistido a todas las bodas como dama de honor. En tres ocasiones. Siempre había contemplado el amor como espectadora, pero deseaba estar en el escenario.

¿Por qué no podía encontrar a alguien perfecto para ella? A veces los chicos le pedían salir, pero normalmente no iba más allá de una cita o dos. Su timidez no le permitía mantener conversaciones animadas y no tenía ni idea de cómo coquetear... Bueno, podía hacerlo si se tomaba un par de copas, pero era un error que no pensaba volver a cometer. El problema era que los hombres eran muy impacientes, y ella no estaba dispuesta a acostarse con alguien solo porque eso fuera lo que esperaban de ella... Ni porque estuviera demasiado bebida como para decir que no. Deseaba sentirse atraída por un hombre y percibir que él se sentía atraído por ella. Estremecerse de deseo cuando él la acariciaba. Derretirse cuando la miraba. Y temblar cuando la besaba.

No recordaba cuándo había sido la última vez que un hombre la había besado de verdad.

A Violet se le daba muy mal el juego de salir con chicos. Muy, muy mal. Acabaría siendo una solterona con arrugas acompañada por ciento cincuenta y dos gatos. Con un cajón lleno con toda la ropa de bebé comprada para los hijos que siempre había deseado tener.

—¿Está ocupado este asiento?

Violet levantó la vista al oír una voz familiar y se estremeció al ver al mejor amigo de su hermano de la universidad.

—¿Cam? —su voz parecía la de un juguete con tono agudo. Era una costumbre que no había podido corregir desde que conoció a Cameron McKinnon. Ella tenía dieciocho años cuando su hermano llevó a Cam a pasar el verano a Drummond Brae, la casa familiar que su familia tenía en las Highlands, Escocia—. ¿Qué haces aquí? ¿Cómo estás? Fraser me contó que estabas viviendo en Gre-

cia, donde diseñabas un yate para alguien superrico.
¿Cómo van las cosas? ¿Cuándo has regresado?

«¡Cállate!». Era curioso, pero nunca le faltaban
palabras cuando estaba con Cam. Hablaba demasiado. Y no podía evitarlo. Él no le parecía amena-
zante. Era educado, y quizá un poco distante, y llevaba bastante tiempo en su familia como para que
ella se hubiera acostumbrado.

No obstante, no lo había hecho.

Cam sacó una silla y se sentó frente a ella. Sus
rodillas rozaron las de Violet por debajo de la mesa.
Violet se estremeció y notó una sensación de calor
en ciertas partes del cuerpo. No debía reaccionar
así ante el mejor amigo de su hermano. Cam estaba
fuera de su alcance.

–Tenía una reunión por la zona. He terminado
temprano y recordaba que una vez mencionaste
este café, así que decidí venir a mirar –dijo él–.
Regresé hace un par de días. Mi padre se casará de
nuevo justo antes de Navidad.

Violet lo miró asombrada.

–¿Otra vez? ¿Cuántas veces se ha casado? ¿Tres?
¿Cuatro?

–Cinco. Y hay otro bebé en camino, así que serán once, entre medio hermanos y hermanastros,

Violet pensaba que tres sobrinos, dos sobrinas y
el bebé que estaba en camino ya eran bastante, y no
podía imaginarse tener once.

–¿Y cómo puedes acordarte de todos sus cumpleaños?

Él puso una media sonrisa.

–He ordenado una transferencia automática y así
no tengo que recordarlo.

–Quizá debería hacer lo mismo –Violet removió el café para hacer algo con las manos. La compañía de Cam siempre la hacía sentir como una estudiante torpe enfrente de un profesor de la universidad. Él era muy diferente a su hermano mayor, que era un chico alegre y juerguista. Cam era más serio y tendía a fruncir el ceño en lugar de sonreír.

Violet se fijó en su boca, otra costumbre que no podía controlar cuando estaba a su lado. Sus labios eran sensuales, pero el inferior era ligeramente más grueso y eso provocaba que ella pensara en los besos apasionados.

Claro que nunca lo había besado. Los hombres como Cameron McKinnon no besaban a chicas como ella. Violet era una chica corriente. Él salía con mujeres que parecían recién salidas de una sesión de fotos. Mujeres glamurosas y sofisticadas, capaces de estar en compañía de cualquier persona sin que les saliera urticaria en caso de que alguien les hablara.

Cam la miró un instante y ella notó una sensación extraña en el estómago, como si fuera una flor abriendo sus pétalos al sol.

–¿Cómo te va la vida, Violet?

–Eh... Bien –al menos no le salía urticaria, pero notaba que se estaba sonrojando y era terrible. ¿Cam estaría pensando lo mismo que pensaba toda su familia? ¿Tres veces dama de honor, pero ninguna vez prometida?

–¿Solo bien? –su mirada mostraba preocupación y concentración, como si fuera la única persona con la que deseara hablar. Era una de las cosas que a Violet le gustaba de él, una de muchas. Él era capaz de escuchar. Ella se preguntaba a menudo si, suponiendo que hubiera podido quedarse hablando con él después de aquella maldita fiesta del primer año de universidad, su vida no habría sido de otra manera.

Violet sonrió y contestó:

—Estoy bien. Ocupada con el trabajo, las compras navideñas y esas cosas. Me pasa lo mismo que a ti, con mis sobrinos y sobrinas, ahora tengo que comprar cosas para mucha gente. ¿Sabías que Lily y Cooper están esperando otro bebé? Mis padres están organizando la gran fiesta de Navidad en Drummond Brae. ¿Te han invitado? Mi madre me dijo que iba a hacerlo. Los médicos creen que serán las últimas Navidades de mi abuelo, así que todos vamos a hacer un esfuerzo por estar allí.

—Mi padre ha decidido eclipsar la Navidad celebrando su boda el día de Nochebuena.

—¿Y dónde la celebra?

—Aquí en Londres.

—A lo mejor puedes tomar un vuelo después —dijo Violet—. ¿O tienes otro compromiso? —otro compromiso como una novia. Sin duda, tendría una. Los hombres como Cam nunca estaban solos. Era demasiado atractivo, rico, inteligente y sexy. Cam nunca había alardeado de sus relaciones con mujeres como había hecho Fraser, el hermano de Violet, hasta que se enamoró locamente de Zoe. Cam era un hombre reservado en lo que se refería a su vida social. Tan reservado que Violet se preguntaba si tendría una amante secreta en algún sitio, alejada de los focos que atraía su trabajo como arquitecto naval, reconocido mundialmente.

–Ya veré –dijo él–. Mi madre espera que vaya a visitarla, sobre todo ahora que Hugh, su tercer marido, la ha abandonado.

Violet frunció el ceño.

–Oh, no. Lo siento mucho. ¿Está muy triste?

–No especialmente –dijo Cam–. Bebía demasiado.

–Ah...

La vida de la familia de Cam era como una saga. No era que él le hubiera contado mucho acerca de ella, pero Fraser le había dado detalles. Sus padres se habían divorciado cuando él tenía seis años y, enseguida, se habían casado de nuevo y formado nuevas familias, agrupando hijos biológicos e hijos de los matrimonios anteriores. Cam vivió entre una y otra casa hasta los ocho años, cuando lo enviaron a un colegio interno. Violet lo imaginaba como un niño estudioso y observador, que no daba problemas y que se mantenía al margen cuando surgían. Todavía era así. Cuando iba a visitar a su familia, en las bodas, bautizos u otras reuniones, siempre permanecía en segundo plano, con una copa en la mano que apenas probaba y observando la situación con sus ojos azules.

La camarera se acercó para preguntarle a Cam si quería tomar algo y Violet tuvo que esforzarse para ignorar el sentimiento de celos que la invadía al ver cómo le sonreía. No era asunto suyo si Cam coqueteaba con una mujer. ¿Qué más le daba si él escogía salir con alguien de su café favorito?

–¿Te apetece otro café? –le preguntó Cam.

Violet cubrió su taza con la mano.

–No, estoy bien.

–Un café solo, gracias –le dijo Cam a la camarera, con una sonrisa breve.

Violet esperó a que la chica se marchara antes de decir.

–*Cra-ack*.

Cam frunció el ceño y preguntó:

–¿Perdona?

Ella sonrió.

–¿No has oído cómo se le ha roto el corazón?

Él la miró asombrado un momento y dijo:

–No es mi tipo.

–Describe cuál es tu tipo –comentó Violet. «¿Cómo se le había ocurrido preguntar eso?».

–Últimamente he estado muy ocupado para pensar en eso –contestó él, frunciendo el ceño. En ese momento, sonó un mensaje en su teléfono. Cam lo miró, apretó los labios y bloqueó la pantalla.

–¿Qué ocurre?

–Nada.

El teléfono sonó de nuevo. Él lo puso en silencio y lo guardó en el bolsillo de la chaqueta, mientras la camarera dejaba el café sobre la mesa.

–¿Cómo te va el trabajo?

Violet miró la invitación que asomaba entre las páginas de su libro y la guardó disimuladamente.

–Bien...

–¿Qué era eso? –preguntó Cam.

–Nada... Solo una invitación.

–¿Para qué?

Violet se sonrojó.

–Para la fiesta de Navidad de la oficina.

–¿Vas a ir?

Ella no se atrevía a mirarlo, así que posó la vista sobre el azucarero.

–Tengo que ir... Se supone que contribuye al buen ambiente de la oficina.

–No pareces muy animada.

Violet se encogió de hombros.

–Sí, bueno, no soy muy fiestera –ya no. La primera vez que intentó disfrutar en una fiesta terminó arrepentida y autoculpándose. Y años después, todavía trataba de olvidar aquel suceso sin éxito.

–Es una gran fiesta, ¿no? De esas en las que no se repara en gastos, supongo.

–Algo irónico, si se tiene en cuenta que es una empresa de contabilidad.

–Una empresa con mucho éxito. Hiciste muy bien en conseguir un trabajo allí.

Violet no quería admitir que el trabajo no se parecía en nada a su trabajo soñado. Al finalizar sus estudios en la universidad, trabajar de administrativa en una empresa de contabilidad le había parecido una buena manera de empezar, pero lo que le parecía válido a los diecinueve años, resultaba menos satisfactorio cerca de los treinta. No podía librarse de la sensación de que debería hacer algo más con su vida y dejar de limitarse a sí misma. No obstante, desde aquella fiesta... Todo se había detenido. Era como si su vida se hubiera atascado y no fuera capaz de avanzar.

Cuando vibró el teléfono de Cam, Violet miró hacia el bolsillo de su chaqueta y no pudo evitar fijarse en su torso. Era el torso de un atleta, esbelto y musculoso. De esos que gustaban a las mujeres. Tenía la piel bronceada y su cabello castaño oscuro tenía mechas más claras provocadas por el fuerte sol de Grecia.

–¿No vas a contestar? –preguntó Violet.

–Esperaré.

–¿Trabajo o familia?

–Ninguna de las dos.

Violet arqueó las cejas intrigada.

–¿Una mujer?

Él sacó el teléfono y apretó el botón de apagado con decisión.

–Sí, una mujer de las que no sabe aceptar un no por respuesta.

–¿Cuánto tiempo has salido con ella?

–No he salido con ella. Es la mujer de un cliente importante.

–Ah... Complicado.

–Mucho. Más o menos unos cuarenta millones de libras de complicación.

«¿Cuarenta millones?». Violet era de familia adinerada, pero tenía problemas en asimilar esa cifra. Cam diseñaba yates para los supermillonarios. Había ganado algunos premios por sus diseños y se había convertido en un hombre muy rico durante el proceso. Algunos de los yates que había diseñado eran enormes, con baños de mármol y jacuzzi, y comedores elegantes. Uno de ellos incluso tenía su propia biblioteca y una piscina.

–¿En serio? ¿Te han pagado cuarenta millones por diseñar un yate?

–No, ese será el precio del yate cuando esté terminado. Aunque a mí me pagan una cifra muy decente por diseñarlo.

Violet deseaba preguntarle la cantidad, pero decidió que no era de buena educación.

–Entonces, ¿seguirás ignorando las llamadas y los mensajes de esa mujer?

Cam suspiró.

–Tengo que dejarle claro el mensaje de alguna manera. No soy el tipo de hombre que sale con mujeres casadas. Eso lo hacía mi padre.

–Quizá si te ve con alguien más captará el mensaje –Violet agarró la taza y lo miró por encima del borde–. ¿Hay alguien más? –«Arghhh. ¿Para qué lo preguntas?», se amonestó en silencio.

Cam la miró y ella experimentó de nuevo una cálida sensación en el vientre. La combinación de sus ojos azules con las pestañas negras era mortal. Había algo en su mirada que hacía parecer que ella pudiera ver más en ella de lo que él le permitía.

–No –contestó él–. ¿Y tú tienes a alguien?

Violet soltó una risita.

–No empieces. Ya tengo bastante con mi familia, por no mencionarte a mis amigos y compañeras de casa.

Cam sonrió.

–No sé lo que les pasa a los hombres de Londres. Deberías estar ocupada hace mucho tiempo.

Se hizo un silencio entre ellos.

Violet se sonrojó y miró su taza de café como si fuera lo más fascinante que hubiera visto nunca. ¿Cómo se había metido en aquella conversación? ¿Cuánto tiempo duraría el silencio? ¿Debía decir algo?

¿El qué?

Se había quedado en blanco.

Era muy mala dando conversación. Ese era otro motivo por el que se le daban mal las fiestas. Sus hermanas y hermanos eran capaces de hablar de cualquier cosa. Ella estaba acostumbrada a quedarse en segundo plano y permitir que los demás hablaran.

–¿Cuándo es la fiesta de la empresa?

Violet pestañeó y miró a Cam.

–Mañana.

–¿Te gustaría que te acompañara?

Violet lo miró boquiabierta y con el corazón acelerado.

–¿Y por qué querrías hacerlo?

Él se encogió de hombros.

–Mañana por la noche estoy libre. Pensé que te ayudaría si fueras con un acompañante.

–¿Propones una cita porque te doy lástima?

–No es una cita. Solo un amigo ayudando a una amiga.

Violet tenía suficientes amigos. Lo que deseaba era una cita. Una cita de verdad. No un hombre que se compadeciera de ella. ¿Pensaría Cam que era una completa inútil? ¿Una mujer que no era capaz de encontrar a un príncipe que la llevara al baile? Ella ni siquiera quería asistir. No era algo tan especial. La gente bebía demasiado y la música estaba tan alta que no se podía conversar.

–Gracias por la oferta, pero estaré bien.

Violet echó la taza de café a un lado y recogió su libro. No obstante, antes de que pudiera levantarse de la mesa, Cam la sujetó por el antebrazo.

–No pretendía disgustarte.

–No estoy disgustada –Violet sabía que su tono desmentía sus palabras. Por supuesto que estaba disgustada. ¿Quién no lo estaría? Él trataba de rescatarla. ¿Qué podía ser más ofensivo que el hecho de que un hombre le pidiera salir porque sintiera lástima por ella? ¿Le habría dicho algo Fraser? ¿O alguna de sus hermanas? ¿Sus padres? ¿Su abuelo? ¿Por qué no se dedicaban a meterse en sus asuntos? Se sentía muy presionada. «¿Por qué no sales con nadie? Eres muy exigente. Ya casi tienes treinta años». No tenía fin.

El calor de la mano de Cam atravesó las prendas de ropa y ella notó que su cuerpo reaccionaba.

–Eh.

Violet frunció los labios. Encontraría una cita. Podría registrarse en las webs de encuentros y tener cientos de citas. Si se dedicaba a ello, podría estar comprometida para Navidad. Bueno, quizá eso era demasiado pronto.

–Soy perfectamente capaz de encontrar pareja, ¿de acuerdo?

Cam le apretó el brazo un instante y se lo soltó.

–Por supuesto –se apoyó en el respaldo de la silla y frunció el ceño–. Lo siento. Ha sido una mala idea. Muy mala.

¿Por qué le parecía tan mala? Violet agarró el libro contra su pecho, donde su corazón latía demasiado deprisa. Era como si Cam hubiese desatado algo en su cuerpo que ella no sabía que existía. ¿Es que nunca la había tocado antes? Algunas veces, en el pasado, la había besado en la mejilla. No obstante, desde la última Semana Santa, no había tenido ningún contacto físico con él. Era como si él hubiese elegido mantener la distancia. Violet recordaba que durante el último fin de semana que había pasado en la casa familiar, él había entrado en el

salón de Drummond Brae y, al ver que ella estaba
acurrucada en uno de los sofás, se había marchado
pronunciando una disculpa. ¿Por qué había hecho
tal cosa? ¿Qué le pasaba que no soportaba estar a solas con ella?

Violet agarró su bufanda y se la colocó alrededor
del cuello.

–Tengo que regresar al trabajo. Espero que la boda
de tu padre salga bien.

–Saldrá bien. Ya tiene mucha práctica –se bebió
el café, se puso en pie y agarró su chaqueta–. Te
acompaño hasta la oficina. Voy en esa dirección.

Violet sabía que tendría que discutir para pagar
el café, así que decidió permitir que lo hiciera él.

–Gracias –le dijo cuando Cam pagó la cuenta.

–De nada.

Cam apoyó la mano sobre la espalda de Violet
con delicadeza, para moverla y que dejara pasar a
una mujer que se acercaba empujando un carro de
bebé. El calor de su mano se extendió por todo su
cuerpo, provocando que Violet tomara conciencia
de su feminidad, como si él la hubiera acariciado de
manera íntima.

«Contrólate».

Ese era el problema de estar desesperada y sin
cita. El roce más leve de la mano de un hombre la
había convertido en una mujer lasciva, que experi-
mentaba el deseo de una manera que nunca había
experimentado antes.

Aunque no era una mano cualquiera.

Era la mano de Cam... La mano de un cuerpo que
la hacía pensar en sexo salvaje. Y no es que ella supiera lo que era el sexo salvaje. El único sexo que re-

cordaba era una imagen borrosa del rostro de dos o tres hombres hablando sobre ella, no con ella. Desde luego, no la imagen romántica que había imaginado al llegar a la pubertad. Eso era otra de las cosas que no había conseguido hacer. Todos sus hermanos habían atravesado con éxito el campo del amor, y todos habían encontrado su media naranja. ¿Ella sería demasiado quisquillosa? ¿O es que lo que sucedió en aquella fiesta había dañado su autoestima y su confianza? ¿Por qué podía ser si apenas recordaba ningún detalle?

Había pasado toda su vida rodeada de amor y aceptación. No tenía motivos para sentirse inadecuada, pero, por algún motivo, no conseguía adentrarse en el campo del amor.

Violet salió a la acera con Cam y abrió el paraguas al ver que llovía. Cam tenía que agacharse para poder protegerse de la lluvia, así que agarró el paraguas y lo colocó por encima de sus cabezas. Violet se estremeció cuando sus dedos le rozaron la mano, como si una corriente eléctrica le hubiera atravesado el cuerpo.

Violet estaba tan cerca de Cam que podía oler la fragancia de su loción de afeitar. A ojos de cualquiera parecerían una pareja refugiándose bajo la lluvia con el mismo paraguas.

Llegaron al edificio victoriano donde se encontraba la empresa de contabilidad en la que trabajaba Violet, y justo cuando ella estaba a punto de darse la vuelta y despedirse de Cam, una de las mujeres que trabajaba con ella se acercó. Lorna miró a Cam de arriba abajo y dijo:

—Bueno, bueno, bueno, parece que por fin te están saliendo bien las cosas ¿no, Violet?

Violet apretó los dientes con fuerza. Lorna no era su compañera favorita de trabajo. Ella solía rumorear sobre los demás para crear problemas. Violet sabía que su jefe mantenía a Lorna en la oficina porque era brillante en su trabajo, y porque tenía una aventura amorosa con él.

–¿Te vas a comer? –le preguntó Violet, negándose a responder.

Lorna sonrió y miró a Cam pestañeando de forma coqueta.

–¿Te veremos en la fiesta de Navidad de la oficina?

Cam rodeó a Violet por la cintura de manera protectora y ella se estremeció.

–Allí estaremos.

«¿Estaremos?» Violet esperó a que Lorna se marchara antes de mirar a Cam y preguntar:

–¿Por qué diablos has dicho eso? Te dije que no quería una...

Él salió de debajo del paraguas y se lo entregó. Violet tuvo que levantar el brazo para mantener el paraguas en alto y poder mirar a Cam a los ojos.

–Te propongo un trato –le dijo Cam–. Te acompañaré a la fiesta de Navidad si esta noche vienes a cenar con mi cliente.

–¿El de la esposa insistente?

–He estado pensando en lo que dijiste en el café. ¿Qué mejor manera de decirle que no estoy interesado en ella que demostrarle que estoy saliendo con alguien?

–Pero nosotros no... Nosotros no estamos saliendo.

–No, pero eso no lo sabe nadie.

«No tienes por qué dejarlo tan claro», Violet se mordió el carrillo.

—¿Cómo vamos a mantenerlo en secreto?

—¿Te refieres a tu familia?

—Ya sabes cómo es mi madre. Como le llegue el rumor de que hemos salido juntos se pondrá a enviar las invitaciones de la boda antes de lo que tú puedes pronunciar «Sí quiero».

Se hizo un silencio.

Algo cambió en la expresión de Cam. Pestañeó y esbozó una sonrisa que no alcanzó a su mirada.

—Lo solucionaremos si llega a suceder.

«¿Si llega a suceder? Claro que sucederá». Violet conocía muy bien a su familia y sabía que continuamente buscaba pruebas para demostrar que estaba saliendo con alguien. ¿Cómo iba a explicar que había salido una noche con Cam McKinnon?

—¿Estás seguro de que deberíamos hacerlo?

Cam se relajó una pizca.

—No estamos robando un banco, Violet.

—Lo sé, pero...

—Si prefieres no hacerlo, siempre podemos encontrar a alguien más...

—No —dijo Violet, tratando de no pensar en qué otra mujer podría escoger—. Iré yo. Será divertido, hace años que no salgo a cenar.

Cam sonrió y Violet notó un cosquilleo en las piernas.

—Hay otra cosa...

«¿Quieres que sea una cita de verdad? ¿Quieres que salgamos juntos? ¿Has estado enamorado de mi durante años?». Violet trató de mantenerse inexpresiva mientras la invadían esos pensamientos.

–Tendremos que actuar como una pareja normal –dijo él–. Darnos la mano y esas cosas.

«¿Esas cosas?».

«¿Qué otras cosas?».

Violet asintió.

–Por supuesto. Está bien. Buena idea. Brillante. Tenemos que parecer una pareja de verdad. No queremos que nadie se haga una idea equivocada... Quiero decir, ya sabes lo que tengo que decir.

Cam se inclinó y la besó en la mejilla. El roce de su barba incipiente provocó que a Violet se le formara un nudo en el estómago.

–Te recogeré a las siete.

Violet dio un paso atrás para entrar en el edificio y se tropezó con el primer escalón. De no ser porque Cam estiró el brazo para sujetarla, se habría caído.

–¿Estás bien? –le preguntó preocupado.

Violet se fijó en la boca que segundos antes la había besado en la mejilla. ¿Habría sentido él la misma sensación? ¿Se habría preguntado cómo sería besarla en los labios? No de forma amistosa, sino con un beso de verdad, como los besos de un hombre que desea a una mujer. Ella se humedeció los labios con la punta de la lengua y, al ver que él la miraba, se le aceleró la respiración.

–Por un momento pensé que ibas a besarme –dijo Violet con una risita.

Los ojos azules de Cam se oscurecieron antes de que él posara la mirada en su boca. De pronto, retiró la mano del brazo de Violet, como si le quemara la piel.

–No entremos en eso.

«Yo quiero entrar. Quiero. Quiero. Quiero», Violet consiguió mantener la sonrisa.

—Sí, sería ir demasiado lejos. Quiero decir, no es que no te encuentre atractivo, pero ¿besarnos? No es una gran idea.

Al oír que alguien se acercaba con zapatos de tacón, Violet se volvió y vio que Lorna regresaba.

—Qué tonta soy. Me he dejado el teléfono —comentó Lorna mirando a Cam con una sonrisa–. ¿No vas a besarla antes de dejar que regrese al trabajo?

Violet miró a Cam de reojo. En lugar de parecer molesto por el comentario de Lorna, Cam sonrió, agarró la mano de Violet y la estrechó contra su cuerpo.

—Era justo lo que iba a hacer.

Violet pensó que Cam esperaría a que Lorna se hubiera metido de nuevo en el edificio para soltarla, pero no fue así. Lorna permaneció a tres pasos de distancia mirándolos. Cam retiró el cabello de Violet a un lado y la sujeto por la nuca.

—No tienes que hacerlo... –susurró Violet.

Cam acercó la boca a la de ella y dijo:

—Sí tengo que hacerlo.

Y lo hizo.

Capítulo 2

CAM POSÓ los labios sobre la boca de Violet y notó como si una bomba estallara en su cabeza, arrebatándole el sentido común. «¿Qué estás haciendo?», se preguntó, aunque no quería escuchar a su conciencia. Había deseado besarla desde el momento en que entró en el café y aprovechó que aquella compañera de trabajo tan pesada le había dado la excusa perfecta para hacerlo. La boca de Violet sabía a leche y miel, y sus labios suaves se amoldaban a los de él. Cam la estrechó contra su cuerpo y notó que su miembro se ponía erecto. Sus senos presionaban contra su torso, sus caderas chocaban contra las suyas, y Violet se agarraba a las solapas de su chaqueta como si no pudiera mantenerse en pie sin su apoyo. Incluso a él mismo le costaba sostenerse en pie.

«Es hora de parar. Deberías parar. Has de parar». La vocecita interior amenazaba con ahogar la vocecita que se apoderaba de su cuerpo. «Sí, sí, sí». No quería que el beso terminara. Le parecía que si dejaba de besarla podía morir. El deseo se apoderó de él y todo su cuerpo reaccionó. La imagen de sus cuerpos sudorosos entrelazados entre las sábanas apareció en su cabeza.

Violet gimió cuando él la movió una pizca y abrió la boca para recibir la lengua de Cam en su interior. En un principio se mostró insegura, pero poco a poco comenzó a juguetear con la lengua de Cam y disfrutó de sus caricias. El la sujetó por las caderas y la presionó contra su miembro erecto.

Era maravilloso. Parecía que ella estaba hecha para él.

¿Alguna vez se había excitado tan deprisa? Se sentía como un adolescente dominado por las hormonas. ¿Cuánto tiempo hacía que no se acostaba con una mujer? Demasiado, si todo aquello lo había provocado un simple beso.

Al oír el claxon de un coche, Cam se separó de Violet y la agarró de las manos como para equilibrarla. Miró de reojo hacia atrás y vio que la compañera de Violet había desaparecido.

Violet pestañeó como si tratara de reorientarse. Se humedeció los labios y, al verla, Cam notó tensión en la entrepierna y suspiró de deseo. Podía imaginarse cómo sería que aquella lengua le acariciara todo el cuerpo. No recordaba ningún beso que hubiera sido tan... Se había olvidado de dónde estaban. Incluso casi había olvidado quién era... Quizá estuviera loco por Violet, pero no actuaría como tal. Ella era la hermana pequeña de su mejor amigo, la niña de la familia que él adoraba.

Era una frontera que estaba decidido a no cruzar. O, al menos, a no volverla a cruzar.

Cam le soltó las manos y sonrió.

—Ha sido un buen beso.

Violet sonrió con timidez y lo miró.

—Me has pillado por sorpresa.

—Bueno, suponía que tu compañera no se iba a marchar si no lo hacía. ¿Es siempre tan insistente?

–La has pillado en un buen día.

Cam se preguntaba cómo sería el ambiente en aquella oficina. Violet era una persona calmada a la que le costaría enfrentarse a un ambiente hostil. Incluso dentro de las disputas familiares tendía a marcharse a un rincón tranquilo antes de participar en las discusiones. Antes de que pudiera detenerse, él le acarició la mejilla con un dedo.

–Conmigo estás completamente a salvo, Violet. Eso ya lo sabes, ¿verdad? Besarnos será lo único que hagamos en caso de que nos invada el deseo.

Violet se mordió el labio inferior y bajó la vista.

–Por supuesto –susurró.

Él dio un paso atrás.

–Será mejor que permita que regreses a trabajar.

Ella se volvió sin decir nada más y subió por las escaleras, sin mirar atrás ni una sola vez antes de desaparecer en el edificio.

Cam respiró hondo y se marchó. Había sido estupendo besarla, pero no podía llegar más lejos. Él no era lo que Violet estaba buscando. No era un hombre dispuesto a sentar la cabeza. Quizá lo fuera algún día, pero en esos momentos tenía que dedicarle mucho a su carrera profesional. Eso era su prioridad. Y no las relaciones.

Quizá el matrimonio funcionaba para algunas personas, pero no para otras. Sus padres y sus varias exparejas eran un buen ejemplo de ello. Cuando una relación se rompía, muchas personas sufrían. Y el dolor perduraba durante años. Él todavía trataba de superar el dolor que le había provocado el divorcio de sus padres. No era que quisiera que siguieran juntos. Nunca habían sido felices porque su madre había estado muy enamorada y su padre no. Después, su padre dejó a su madre por una mujer más joven y atractiva y puso muchas dificultades a la hora del divorcio.

Cam se encontró en medio de aquella situación y, más adelante, lo matricularon en un colegio interno donde tuvo que valerse por sí mismo. Desde entonces, sus padres habían cambiado de pareja tan a menudo que Cam tenía problemas para recordar los nombres y las fechas de cumpleaños de todas. Incluso había creado una base de datos en su teléfono para poder hacer un seguimiento de todos ellos.

No obstante, Cam necesitaba quitarse a Sophia Nicolaides de en medio y Violet era la mejor manera de hacerlo. Sophia era demasiado lista y él no podía presentarse en la cena con alguien a quien acababa de conocer. Tenía que ir con una mujer con la que se sintiera a gusto. Violet se mostraba tímida con él, y con la mayoría de la gente. El hecho de que no alardeara de sus capacidades o llamara la atención era parte de su encanto. Él le había dejado muy claro que no era una cita y estaba seguro de que ella tampoco querría arriesgar la amistad que habían cultivado durante años.

Al menos ya le había dado el primer beso.

Y vaya beso. ¿Quién iba a imaginar que aquellos labios podrían causar estragos en su autocontrol? Tendría que tener cuidado. Violet no era una mujer como con las que él salía normalmente. No era de las que se acostaban con hombres una sola noche. Cam se preguntaba si todavía sería virgen. Lo más probable era que no, puesto que tenía casi treinta años, pero... No era una pregunta que pudiera hacerle. No era asunto suyo.

Cam pasó la lengua por sus labios y percibió su sabor. Aunque no volviera a besarla, necesitaría mucho tiempo para poder olvidar ese beso.

Si es que llegaba a olvidarlo.

Violet se probó siete modelitos diferentes hasta que se decidió por un vestido de terciopelo azul oscuro que le llegaba por encima de la rodilla. Le recordaba al color de los ojos de Cam. «¿Quizá por eso lo compraste?» No, por supuesto que no. Lo había comprado porque le gustaba y le quedaba bien. Le encantaba el tacto de la tela sobre su piel. Se calzó unos zapatos de tacón y se volvió para mirarse en el espejo.

Amy, su compañera de piso, asomó la cabeza por la puerta.

–Cielos, estás guapísima. Me encanta cómo te queda ese color. ¿Vas a salir?

Violet se alisó la parte delantera del vestido y se giró a un lado y a otro para ver si se le marcaba la ropa interior. No. Genial.

–¿No te parece demasiado sencillo?

–Es sencillo pero elegante –dijo Amy, sentándose en el borde de la cama de Violet–. ¿Quién es él? ¿Lo conozco? No, claro que no lo conozco. Que yo sepa, nunca has traído a nadie a casa.

Violet se puso los pendientes de perlas que sus padres le habían regalado cuando cumplió los veintiún años.

–Es un amigo de mi hermano. Lo conozco desde hace años.

«Y besa como si fuera el dios del sexo y mi cuerpo todavía arde de deseo».

–¡Ahhh! Un amigo de los que se convierten en algo más. ¡Qué emocionante!

–No te hagas ilusiones –le dijo Violet–. No soy su tipo –Cam no podía haber sido más claro. «Besarnos será lo único que hagamos». Ella no lo había excitado lo suficiente como para que deseara llegar más lejos.

Sonó el timbre y Amy saltó de la cama.

–Ya abro yo. Quiero ver a tu chico para ver si da la talla. El apartamento Veintitrés B tiene cierto estándar.

Violet salió segundos más tarde y se encontró con Amy mirando a Cam como si fuera una adolescente delante de una estrella de Hollywood. Cam estaba muy atractivo vestido con un traje gris oscuro, una camisa blanca y una corbata a rayas azules y grises que resaltaba su piel bronceada y el color azul de sus ojos.

Cam miró a Violet y ella notó un nudo en el estómago.

–Estás preciosa –comentó él.

Sus palabras fueron como una caricia a lo largo de la columna vertebral. Y cuando posó la mirada sobre su boca, Violet recordó cada instante del beso que habían compartido. ¿Él también recordaría lo maravilloso que había sido? ¿Y cómo habían tenido que interrumpir aquel beso sin llegar a saciar el deseo que invadía sus cuerpos?

Violet se retiró un mechón de pelo de la frente y dijo:

–Esta es Amy Kennedy, una de mis compañeras de

piso. Amy, este es Cameron McKinnon, un amigo de hace mucho tiempo.

Cuando Cam agarró la mano de Amy, Violet pensó que su compañera se iba a desmayar.

–Encantado de conocerte –dijo Cam.

–Igualmente –dijo Amy, sonrojándose.

Violet agarró su abrigo y Cam la ayudó a ponérselo. Sus cuerpos estaban tan cerca que ella podía sentir su calor e inhalar el aroma de su loción de afeitar. Él apoyó las manos sobre los hombros de Violet durante un instante y las retiró. Mientras Cam miraba hacia otro lado, Amy levantó los pulgares a modo de aprobación y Violet agarró el bolso y siguió a Cam hasta la puerta.

–¡Que lo paséis bien! –exclamó Amy, con un tono que hizo que Violet pensara que parecía una adolescente en su primera cita.

–¿Cuántas compañeras de piso tienes? –preguntó Cam, mientras se dirigían al coche.

–Dos. Amy y Stefanie.

Violet se acomodó en el asiento de cuero del descapotable. Desde luego no podría acomodar a dos niños en la parte de atrás. El coche de Cam era perfecto para su estilo de vida, caracterizado por la libertad y el cambio. No es que fuera un playboy, pero tampoco un monje. Era un hombre saludable de treinta y cuatro años que quería disfrutar al máximo de su libertad. ¿Cuántas mujeres habrían disfrutado de su maravillosa boca? ¿De aquel cuerpo estupendo y de los encantos sensuales que prometía?

Probablemente más de las que ella prefería pensar.

–Siento lo de Amy –dijo Violet cuando se pusieron en marcha–. A veces se pasa un poco.

Cam la miró:

–¿He pasado la prueba?

Violet se sonrojó.

–Las chicas tienen una lista con las cualidades que ha de tener una posible pareja. Que no fumen, que no se droguen, que no lleven tatuajes... Han de tener un buen trabajo, han de respetar a las mujeres, han de llevar preservativo... Quiero decir durante... Ya sabes... No durante el primer encuentro... Eso sería ridículo.

Cam soltó una carcajada y ella se estremeció.

–Me alegra saber que cumplo con todos los requisitos.

Violet se giró en el asiento para mirarlo.

–¿Y qué elementos hay en tu lista?

Cam se quedó pensativo un instante.

–Nada especial. La inteligencia y el sentido del humor siempre vienen bien.

–¿Y la belleza?

Él se encogió de hombros.

–No es tan importante como otras cosas.

–No obstante, tú solo has salido con mujeres increíblemente bellas. He visto sus fotos. Fraser me las enseñó.

–Pura coincidencia.

–Los hombres suelen ser más selectivos a la hora de escoger un amante. Las mujeres, por lo general, son mucho más conformistas con el aspecto.

–¿Qué cualidades buscas en una pareja?

Violet se miró las manos mientras agarraba el bolso con fuerza.

–Supongo que lo que mis padres tienen... Una

pareja que me quiera a pesar de mis fallos y que me apoye de manera incondicional.

—Tus padres son un ejemplo difícil de seguir.

Ella suspiró.

—Dímelo a mí.

La cena era en un restaurante de Soho. El cliente de Cam había reservado una sala privada y él y su esposa ya estaban sentados cuando llegaron Violet y Cam. El hombre se levantó y saludó a Cam afectuosamente.

—Me alegro de que hayas venido. Sophia lleva todo el día entusiasmada, ¿verdad, *agapi mu*?

Era evidente que Sophia estaba entusiasmada. Violet vio cómo aumentaba el brillo de sus ojos al mirar a Cam de arriba abajo, como si estuviera desnudándolo mentalmente.

Cam rodeó a Violet por la cintura.

—Nick y Sophia Nicolaides, esta es Violet, mi pareja. Cariño, te presento a Nick y Sophia.

¿Pareja? ¿Por qué no había dicho «novia»? «Pareja» parecía algo más permanente. Claro que él quería que Sophia captara el mensaje. No obstante, que la llamara «cariño» era un detalle. A Violet le gustaba. Nadie la había llamado así antes.

—Me alegro mucho de conoceros –dijo ella–. Cam me ha hablado mucho de vosotros. ¿Vais a estar mucho tiempo en Londres?

—Hasta Año Nuevo –dijo Nick–. Sophia nunca ha celebrado una Navidad a la inglesa.

Sophia estiró la mano y acarició el brazo de Cam.

—Eres un bribón, ¿no? –le preguntó–. No nos

habías contado que tenías pareja. ¿Estáis comprometidos?

Cam sonrió y se liberó de la mano de Sophia.

–Todavía no.

«¿Todavía no?». ¿Eso implicaba que lo estaba considerando? Violet tuvo que esforzarse para mantener la compostura. Aunque sabía que solo lo había dicho para mantener las apariencias, su corazón se aceleró una pizca. No era que estuviera enamorada de él ni nada. Solo se imaginaba cómo sería si lo estuviera. Y cómo sería si él la mirara con tanta ternura, de verdad.

Sophia sonrió, pero la sonrisa no alcanzó su mirada. Claro que quizá era por el bótox, que no le permitía entornar los ojos. Violet no solía criticar a los demás, pero el comportamiento depredador de la esposa de Nick Nicolaides la molestaba. Sophia parecía el tipo de mujer para quien la palabra «no» era un reto más que un obstáculo. Lo que Sophia quería, Sophia lo conseguía. Daba igual lo que fuera. Y Sophia quería a Cam. Era sorprendente que Nick no se diera cuenta. ¿O sería que Nick estaba tan enamorado de su joven y bella esposa que no era capaz de ver lo que pasaba delante de sus ojos?

Violet decidió que había llegado el momento de marcar el límite claramente. Miró a Cam y comentó:

–No sabía que te planteabas tal cosa ahora que apenas llevamos un tiempo con la relación.

Él se inclinó hacia ella y la besó en la boca.

–Nunca es demasiado pronto para decir «te quiero».

Violet puso una amplia sonrisa de felicidad. ¿Quién había dicho que no era capaz de fingir? O quizá no estaba fingiendo.

Escuchar aquellas palabras tuvo un potente efecto sobre ella. Nadie, excepto su familia, le había dicho que la quería.

–Yo también te quiero, cariño –sonrió ella.

Nick le dio una palmada a Cam en el hombro.

–Brindemos para celebrar el compromiso.

Pidieron champán y brindaron por un enlace que no iba a suceder. Era extraño formar parte de ese engaño, pero Violet no tenía más remedio que seguir el juego. Sophia no dejaba de mirarla, como si estuviera preguntándose qué diablos veía Cam en ella. Violet no se dejó intimidar, aunque en otras circunstancias se habría retirado de aquella situación.

La cena fue larga, porque Nick quería hablar de negocios con Cam. A Violet no le quedó más remedio que darle conversación a Sophia y, antes de que retiraran los entrantes, ya se había quedado sin tema de conversación.

Cam acudió a su rescate después del plato principal. Pidió disculpas y acompañó a Violet al aseo.

–Lo estás haciendo muy bien, Violet. Sigue así.

–Si se pudiera matar con la mirada, ahora estaría en el cementerio –dijo Violet entre dientes–. Es tremenda. Ni siquiera trata de ocultar que te desea. ¿Cómo puede ser que Nick no se dé cuenta? Es tan evidente que me da náuseas.

–Creo que él se da cuenta, pero no quiere admitirlo. Yo no quiero ser quien se lo haga ver. Este proyecto es muy importante para mí. Es el contrato más grande que he tenido y podrían surgir más. Nick tiene muchos contactos. Las recomendaciones son muy importantes en mi negocio.

Violet lo miró un momento.

–Si no estuviera casada, ¿sería el tipo de mujer con la que mantendrías una relación?

–¡No! ¿Qué clase de hombre crees que soy?

–Es muy bella.

–Y tú.

Violet se humedeció los labios.

–Se te da muy bien mentir.

Él frunció el ceño.

–¿Crees que estoy mintiendo? ¿No tienes espejos en casa? Al entrar en el restaurante, todo el mundo se ha vuelto para mirarte.

Violet sonrió para tratar de disimular su timidez. Recibir cumplidos nunca había sido su fuerte. Y si alguien se fijaba en ella cuando entraba en una habitación, nunca se daba cuenta. Siempre trataba de ir con la cabeza agachada para intentar pasar desapercibida.

–Mentiste sobre lo del compromiso.

Él la miro a los ojos y ella se estremeció.

–Puedo ser despiadado cuando se trata de cerrar un trato, pero no tanto.

–Bueno es saberlo.

Cam recibió un mensaje en su teléfono. Al mirar la pantalla, se puso muy serio.

–¿Es Sophia? –preguntó Violet con incredulidad–. ¿Te está escribiendo mientras su marido está a su lado?

Cam suspiró y guardó el teléfono.

–Ve a retocarte el maquillaje. Te esperaré aquí.

Cam acompañó a Violet hasta el comedor privado. Ella se había retocado el pintalabios y su

boca era todavía más tentadora. «Contrólate».
Aquello era una farsa, no algo real. Él no estaba interesado en tener una aventura con la chica a la que
había considerado como una hermana durante los
últimos doce años.

No obstante, la Semana Santa anterior algo había cambiado.

Él había cambiado.

De pronto se había fijado en ella. En su manera
de sonreír con timidez. En cómo se mordía el labio
cuando estaba nerviosa. En sus movimientos y en
sus ojos marrones, que le recordaban al caramelo.
También en su tez pálida, salpicada de pecas por la
zona de la nariz, y que él encontraba adorable.

¿Adorable?

Había llegado el momento de controlarse. No
tenía derecho a pensar en ella de ese modo. Si tras-
pasaba la frontera, corría el riesgo de arruinar su
relación con toda la familia. Con las tres generacio-
nes. Tenía muy buenos recuerdos del tiempo que
había pasado en Drummond Brae, la casa que tenían en las Highlands, a las afueras de Inverness.
Cam había conocido a Fraser Drummond en Londres, durante su cuarto año de universidad, cuando
ambos tenían veintidós años. Le parecía que había
pasado una eternidad.

Él todavía recordaba la primera vez que había
ido a visitar a la familia Drummond. No se parecía
en nada a las familias de las que él había formado
parte y, en particular, a su familia nuclear. Se había
quedado asombrado por la manera en que se querían y aceptaban unos a otros. La buena relación
que mantenían era algo que él solo había visto en

las series de televisión. Por supuesto, a veces discutían, pero nadie gritaba o insultaba, ni lanzaba cosas o salía dando un portazo. Tampoco ninguno se había divorciado y se negaba a que se mencionara el nombre de su expareja. Los padres de Violet seguían tan enamorados como el primer día. La solidez de su relación era lo que sostenía a la familia, lo que daba seguridad y estabilidad y permitía que los hijos desarrollaran todo su potencial. Incluso la manera en que Margie Drummond cuidaba de Archie, su suegro enfermo de noventa años, era indicativo del amor incondicional que mostraba la familia.

Cam se había convertido en parte de la familia y no quería estropear la relación, aunque eso significara ignorar el deseo que sentía hacia Violet, la pequeña del clan, que en aquellos momentos estaba haciendo un excelente trabajo fingiendo que estaba enamorada de él.

No obstante, había algo más aparte del temor a arriesgar su relación con la familia Drummond que hacía que se contuviera. ¿Cómo podía pensar en sentar la cabeza cuando tenía múltiples compromisos laborales? La única manera de alcanzar el éxito era dejar de lado todo lo demás. El trabajo era su prioridad. Si se distraía, pondría en riesgo todo por lo que había trabajado desde el día que ingresó en el internado. Estaba acostumbrado a ser autosuficiente.

Violet se sentó de nuevo al lado de Cam y lo agarró del brazo, mirándolo con sus grandes ojos marrones como si pensara que la vida solo tenía sentido a su lado. Estaba tan cerca que él podía percibir su perfume embriagador. Un perfume que lo volvía loco de deseo.

Las caricias de Violet no debían tener ese efecto sobre él. No era un adolescente. Normalmente era capaz de controlarse, pero si ella se fijaba en su regazo, tendría que darle una explicación. Todavía le debía una explicación por lo que había pasado después de aquel beso. Se había excitado. ¡Un beso! Era verdad que no había mantenido relaciones sexuales desde hacía un tiempo, pero había estado muy ocupado desde Semana Santa... Y no, no tenía nada que ver con haber visto a Violet aquel fin de semana. Ni con que se hubiera fijado en ella de una manera distinta.

¿O sí?

¿No había aprovechado las oportunidades que había tenido de mantener una aventura amorosa por ella? ¿La sensación de que debía haber algo más aparte de unas copas, una cena, algunos encuentros sexuales y un adiós, y gracias por los recuerdos?

Durante años, Cam había estado muy contento con su estilo de vida. Disfrutaba de la libertad de aceptar trabajo extra sin la presión de ser responsable de una relación sentimental. Había visto a sus padres luchar y fracasar a la hora de satisfacer las necesidades de ambos, y las de sus parejas, mientras hacían equilibrios para cumplir con la carrera profesional y la familia. Siempre le había parecido un trabajo duro.

No obstante, sentir algo aparte de puro deseo por una compañera sexual era... Besar a Violet había sido diferente. La relación que tenían como viejos amigos había aportado algo completamente distinto. No podía explicarlo. Quizá debería besarla otra vez...

–Sonreíd para la cámara –dijo Sophia desde el otro lado de la mesa, sujetando el teléfono.

Cam sonrió y apoyó la cabeza contra la de Violet. Sophia sacó la foto y se acomodó de nuevo en la silla con una gran sonrisa. Cam no confiaba en aquella sonrisa. No confiaba en aquella mujer. No confiaba en que su acuerdo con Nick estuviera seguro hasta que el contrato se hubiera firmado y entregado. Nick estaba retrasando el momento, y Cam no podía evitar pensar que estaba poniéndolo a prueba. Quizá Nick sabía exactamente lo que tramaba su esposa, y quería ver cómo se desenvolvía Cam.

De momento, lo estaba haciendo bien. Con ayuda de Violet. ¿Cuánto tiempo tendría que fingir? Un fin de semana estaba bien. ¿Y después? Solo quedaba una semana antes de Navidad. Si se corría la voz... Al pensar en ello se puso tenso. ¿Por qué se había metido en ese lío? Encontrarse con Violet en el café había sido pura coincidencia.

¿O no?

Había entrado en el café como si tuviera un dispositivo de navegación en el interior de su cuerpo y lo hubiera llevado hasta allí. Y había pasado de fijarse en ella a desearla de verdad. Se había ofrecido a acompañarla a la fiesta, porque no soportaba la idea de que algún compañero le hiciera proposiciones, no porque sintiera lástima por ella.

Capítulo 3

VIOLET NO estaba segura de que le gustara la idea de que Sophia tuviera fotos de Cam y ella juntos, pero ¿qué podía hacer? Tenía que seguir el juego y fingir que todo iba bien. Además, sentía que iba bien. Apoyarse en él, sonreírle, observar cómo sus ojos azules brillaban cuando sonreía... Todo era tan agradable que le costaba recordar que todo era una farsa. Y que no iba a durar más de un fin de semana.

–Nick y yo vamos a bailar a una discoteca que está en esta misma calle –dijo Sophia–. Venid con nosotros.

No era una invitación. Era una orden. Una orden que Violet habría ignorado de no haber sido por los cuarenta millones de libras que estaban en juego.

Y porque no quería que Sophia pensara que la intimidaba. Así era como funcionaban las chicas malas. Eran manipuladoras y provocaban problemas entre las parejas, para después retirarse y observar desde lejos el resultado, igual que había hecho Lorna en la puerta de la oficina.

También había otro motivo por el que Violet decidió entrar en la discoteca del brazo de Cam. Nunca había bailado con alguien. No desde aquella fiesta. Odiaba el roce entre los cuerpos. La amenaza que suponía que un extraño la tocara, aunque fuera por accidente mientras se movían por la pista de baile.

Si bailaba con Cam se demostraría que estaba avanzando, y recuperando el control que había perdido. Nunca había bailado con él, ni siquiera en una de las fiestas familiares. Él siempre se había mantenido al margen de la diversión, diciendo que no tenía bastante coordinación o que no era un verdadero escocés y que no pensaba ponerse una falda. Así que, aquella era la oportunidad perfecta para llevarlo a la pista de baile. Una excusa legítima para estar entre sus brazos. Donde ella se sentía a salvo.

Violet no había tenido en cuenta la música. No era música tranquila, para bailar con una pareja. Estaba demasiado alta y no se podía conversar. La pista de baile estaba llena de cuerpos sudorosos. Era el tipo de sitio que ella solía evitar.

No obstante, Sophia y Nick parecían disfrutar cada minuto. Se movían entre la gente como si fueran allí a menudo. Al pasar por delante de Violet y Cam les gritaron:

–¡Venid con nosotros!

Violet miró a Cam, que tenía cara de sufrir una indigestión. Se puso de puntillas y colocó la mano junto a su oreja.

–¿Vas a sacarme a bailar? Porque, si es así, te ahorraré la vergüenza que supone ser rechazado.

–¿Llamas a eso bailar?

Ella sonrió y se acercó de nuevo a su oreja.

–¿Alguna vez tienes la sensación de haber nacido en una centuria equivocada.

Él la acercó y la abrazó.

–Aquí parece que estamos a ciento cincuenta.

–¿De fecha o de temperatura?

Él sonrió y sacó un pañuelo de tela para secarse el sudor de la frente. Violet no podía apartar la mirada de su rostro. ¿Qué estaría pensando? Cam posó la mirada sobre su boca y entornó los ojos. Ella sintió un nudo en el estómago y se humedeció la boca, porque había notado que a él le gustaba ese gesto. Él se acercó y ella notó sus piernas poderosas contra las suyas. También notó su miembro erecto. Debería haberse quedado paralizada, y lo habría hecho si hubiera sido otro hombre.

Pero era Cam.

Un hombre que la deseaba a pesar de no querer hacerlo. Era una atracción que ambos trataban de combatir por diferentes motivos. Violet no quería perder tiempo en una relación que no tenía futuro, aunque fuera con el hombre más deseable que había conocido nunca. Cam no estaba interesado en encontrar una compañera de vida. No quería atarse a la vida familiar. Y era comprensible, teniendo en cuenta el tremendo ejemplo que había tenido con sus padres. No obstante, Violet no podía evitar preguntarse si en el fondo estaba menos preocupado por su pérdida de libertad que por no llegar a ser el tipo de esposo y padre que aspiraba a ser. Era un perfeccionista. Hacer un buen trabajo no era suficiente para alguien como Cam. Si decidía hacer algo, lo hacía de maravilla. Por eso se había convertido en uno de los arquitectos navales más famosos del mundo.

–Vamos a otro sitio –le dijo Cam al oído.

¿Sugería que se marcharan porque sabía que ella

no se encontraba cómoda en ese ambiente? Violet no pudo evitar sentirse halagada por su preocupación.

–¿Y Nick y...?

–Sobrevivirán sin nosotros –la agarró de la mano y la sacó del club–. Le enviaré un mensaje a Nick diciéndole que tuvimos que marcharnos. Pensará que quería estar contigo en un sitio privado.

«¡Hazlo por favor!». Violet lo siguió fuera del club. Pocos minutos después estaban dentro del coche de Cam y, en lugar de dirigirse hacia el apartamento de Violet, Cam se dirigió hacia su casa de Belgravia. Ella no la conocía, pero había pasado por delante alguna vez. Durante el trayecto, él le sugirió que se tomaran una copa. Y ella aceptó porque la idea de regresar a su apartamento no le resultaba atractiva. Amy y Stef tenían pareja y la mayor parte de los fines de semana dormían en sus casas.

Violet tuvo que fingir sorpresa cuando llegaron al exterior de la casa de Cam.

–¿Esta es tu casa? Es preciosa. ¿Hace cuánto la tienes? Parece enorme.

–La compré hace un año o así –Cam la guio hasta la puerta principal–. Yo he hecho la mayor parte de la reforma.

Violet sabía que tenía buenas manos, y podía demostrarlo con el efecto que habían tenido sobre ella. No obstante, no había imaginado que Cam pudiera ser tan manitas. La casa era impresionante, como las que uno podía encontrar en las revistas. Era una mansión de tres pisos con lámparas de araña en el recibidor y una tupida alfombra persa. Los muebles antiguos provocaron que a Violet se le hiciera la boca agua. Algunas chicas adoraban las joyas y la moda, pero a ella le gustaban las antigüedades. En las paredes había valiosas obras de arte y esculturas sobre pedestales de mármol. También una orquídea blanca en pleno esplendor.

Cam la guio hasta un salón donde había una chimenea de mármol negro y bronce. Dos sofás de color crema enfrentados y una mesa de café de madera de caoba entre medias. Una butaca Louis XV en una esquina, junto a un escritorio y una estantería llena de libros. Parecía el lugar perfecto para sentarse a leer... O para acurrucarse con una persona querida.

«Basta. Estás dejando que te afecte a la cabeza».

Violet se percató de que aquella era la primera vez que estaban a solas. En Drummond Brae siempre había alguien de la familia, aunque quizá no en la misma habitación. Nunca había estado a solas con Cam sin la posibilidad de que los interrumpieran.

Violet se volvió para mirar a su alrededor y se encontró con Cam, mirándola con una expresión indescifrable. Había tensión en el ambiente, como si una corriente invisible se transmitiera a través de la mirada. Violet notó que su cuerpo respondía a su presencia. Estaba en el otro lado de la habitación, pero era como si una fuerza lo llevara hacia él. Una fuerza que no podía controlar, aunque quisiera.

–¿Por qué me miras así? –preguntó, apenas sin reconocer su propia voz.

–¿Cómo te estoy mirando?

–Como si no quisieras que supiera lo que estás pensando.

Cam sonrió.

—Créeme, no quieres saber lo que estoy pensando.

—Prueba a ver.

Él se acercó a ella, lo suficiente como para que pudiera notar el calor de su cuerpo.

—Esto es una locura —comentó él, mirándola fijamente.

Violet tragó saliva.

—¿El qué?

Cam respiró hondo y le acarició la mejilla con el dorso de la mano.

—Estar a solas contigo... No es conveniente.

Violet se preguntaba qué otra palabra había pensado emplear. ¿Peligroso? ¿Tentador? ¿Inevitable? Las tres podían servir. Ella miró su boca, consciente de que era una señal para que él la besara. Era lo que deseaba. Quizá no tuviera mucha experiencia, pero sabía cuándo un hombre quería besar a una mujer.

Entornó los ojos y se inclinó hacia él. «Bésame. Bésame. Bésame». Apoyó las manos sobre su torso y al sentir su calor se estremeció. Era como si una corriente recorriera su cuerpo, alcanzando lugares a los que no solía prestar atención. El centro de su feminidad respondió a su cercanía y se puso turgente. Él inclino la cabeza y se detuvo a muy poca distancia de su boca.

Violet acortó la distancia y colocó los labios sobre los de él. Al oír que Cam gemía suavemente, se le aceleró el corazón y permitió que él tomara el mando de aquel beso. Cam la besó como si ya no pudiera mantener el autocontrol. Introdujo la lengua en la boca de Violet y exploró su interior. Le acarició la nuca y entrelazó los dedos en su cabello, y continuó besándola hasta que ella se volvió loca de deseo. Aquello era lo que llevaba anhelando toda la noche. O quizá durante gran parte de su vida como adulta.

En otras circunstancias Violet habría podido ignorar el insistente sonido del teléfono que sonaba en su bolso, pero era tarde por la noche y las llamadas nocturnas solían indicar que algo iba mal. Y teniendo en cuenta que su abuelo estaba muy delicado, era difícil no pensar que algo terrible había sucedido. Violet se separó de Cam y dijo:

–Lo siento, será mejor que conteste. Puede que sea urgente.

–Claro –se frotó la nuca y dio un paso atrás, observándola mientras ella sacaba el teléfono del bolso.

El teléfono había dejado de sonar, pero Violet miró la pantalla y frunció el ceño. Tenía seis llamadas perdidas de su madre. Y tres de cada hermano. Sintió un nudo en el estómago y llamó a su madre, al tiempo que miraba a Cam con preocupación y se preparaba para la mala noticia.

–¿Mamá? ¿Qué pasa? Me has llamado...

–Cariño, ¿cómo no me lo has contado? Ha salido publicado en todos sitios. Todo el mundo me llama para confirmarlo. Nos alegramos mucho por vosotros. ¿Cuándo te ha hecho la proposición? Cuéntamelo todo, ¡estoy emocionada! El abuelo ha recuperado las ganas de vivir. Se ha levantado para celebrarlo. Dice que va a durar hasta tu boda y que nada se lo va a impedir. Tu padre está a su lado, feliz. Toma, habla con él.

Violet miró a Cam como pidiéndole ayuda.

–¿Qué digo? –le preguntó moviendo los labios, pero sin voz.

Cam gesticuló para que le diera el teléfono.

–¿Gravin? Sí, bueno, pensábamos mantenerlo en secreto un poco más, pero...

–Enhorabuena –dijo el padre de Violet–. No podía haber pedido un yerno mejor. Te doy mi bendición, Cam. Ya eres parte de la familia, esto solo hace que sea algo más formal. Nuestra pequeña Vivi y tú. Estoy tan entusiasmado que apenas puedo expresarlo. Sé que cuidarás muy bien de nuestra pequeña.

Tras un par de felicitaciones más por parte de sus padres, Cam le devolvió el teléfono a Violet para que la felicitaran otra vez. Ese era el problema de tener unos padres entusiastas que alentaban a sus hijos en todo lo que hacían. Violet apenas pudo decir palabra. Finalmente, sus padres cortaron la llamada y Violet apagó el teléfono. Sus hermanos serían los siguientes. Y ella no podría contradecirlos por miedo a decepcionarlos.

No obstante, su hermano y sus hermanas tendrían que esperar hasta que ella comprendiera qué era lo que tramaba Cam. ¿Por qué no lo había negado? ¿Por qué continuaba la farsa cuando sabía que mucha gente sufriría cuando saliera la verdad?

–Muy bien, al parecer ahora estamos comprometidos –dijo ella, pidiéndole una explicación con la mirada–. ¿Tienes idea de lo que ha ocurrido?

Cam se puso serio.

–Sophia Nicolaides ha debido anunciarlo con la foto que nos sacó en la cena. ¿Sabes cuántos amigos tiene en las redes? –se volvió y blasfemó–. Debería haber imaginado que pasaría algo así.

–Podríamos haberlo negado.

Él la miró.

–Ya has oído lo que dijo tu madre. Al oír la noticia, tu abuelo ha salido prácticamente del coma. Tenemos que aguantar al menos hasta Navidad.

–¿Hasta Navidad? –preguntó Violet con el corazón acelerado.

–No quiero estropear las Navidades de tu familia. Es cuando os reunís todos los miembros. Tu madre se esfuerza mucho en hacer que sea especial para todos. ¿Te imaginas qué incómodo sería si les dijéramos que todo es mentira?

Violet se mordió el labio. Cam tenía razón. La Navidad era un momento muy importante para su familia y todo se estropearía si contaran la verdad sobre aquella farsa. Además, su abuelo se merecía pasar su última Navidad lo más feliz posible. Y Cam no iba a mantener aquello para siempre. Él no quería sentar la cabeza. Y lo último que querría hacer sería atarse con una mujer de la que no estaba enamorado. Ella no era su tipo. No era el tipo de nadie.

–Tendremos que decírselo en algún momento...

Cam se pasó la mano por el rostro.

–Lo sé, pero hay mucho en juego. Y no, no solo me refiero al contrato de Nicolaides.

–Aparte de mi familia, ¿qué más hay en juego?

–Mi familia también. No estoy seguro de querer

ir a la quinta boda de mi padre, el día de Nochebuena, con un compromiso recién roto. Él no me
dejará en paz. Ya imagino lo que dirán los demás:
«De tal palo, tal astilla».

Violet comprendía su punto de vista. Por lo que
sabía de su padre, Ross McKinnon aprovecharía
cualquier oportunidad para cebarse con los errores
de Cam y así desviar la atención de su propio
comportamiento. Candice, su madre, tampoco de-
jaría escapar una oportunidad como esa, teniendo
en cuenta que Cam había sido muy crítico con
cómo se habían comportado sus padres durante
los años.

—Bien, parece que seguiremos adelante con ello.

Al menos la fiesta de Navidad de su oficina sería
menos estresante con él allí. Por primera vez Violet
podría ahorrarse los intentos que hacían sus compañeros para ligar con ella, y tampoco tendría que
aguantar las miradas de lástima y mofa que le dirigían sus compañeras por estar soltera. Confiaba en
que saldría ganando.

Cam agarró las llaves que había dejado en el
escritorio y dijo:

—Será mejor que te lleve a casa. Es tarde.

Violet se desilusionó. ¿No quería terminar el
beso que habían comenzado antes?

—No tengo que volver a ninguna hora —dijo ella—.
Las chicas están durmiendo en casa de sus parejas,
así que...

La expresión de Cam la dejó sin habla.

—Violet —la manera en que pronunció su nombre
resultó inquietante—. No vamos a llegar ahí, ¿de
acuerdo?

«¿Ahí? ¿Qué quería decir?». Lo único que quería era unos besos más y tontear un poco. De acuerdo, tontear mucho. Violet forzó una sonrisa.

Él la miró unos instantes.

–Nos hemos besado y eso es todo.

–Bien. No hay problema. Será mejor que seamos sensatos. Sería muy extraño si llegáramos hasta ahí. No soy tu tipo. Y no tengo suficiente experiencia.

Él frunció el ceño.

–¿Cuánta experiencia tienes?

Violet puso una mueca.

–Bueno... digamos que nunca llegué al final. Empecé el camino y me perdí.

–¿Qué quieres decir?

«¿Qué estás haciendo? Nunca se lo has contado a nadie...».

Violet apretó los labios, preguntándose si debería llegar más lejos. ¿Provocaría que Cam la viera de otra manera? ¿Pensaría que era una ingenua por haberse metido en esa situación? No obstante, había algo en su expresión que indicaba que él sería la última persona en juzgarla.

–Prefiero no hablar de ello...

–Puedes contármelo, Violet –Cam habló con voz calmada.

Siempre se le había dado bien escuchar. Violet recordaba una ocasión en la que ella le contó que unas niñas se habían metido con ella por no llevar una marca de ropa concreta a una fiesta. Cam la había escuchado con mucha atención y le dijo que era probable que las chicas estuviesen celosas porque ella no necesitaba ropa de diseño para estar atractiva. Violet recordaba que se había sonrojado un montón, pero cada vez que recordaba aquella conversación la invadía una cálida sensación.

Contarle lo que le había sucedido en la fiesta de la universidad no era lo mismo que contarle sus problemas con un grupo de niñas adolescentes. Contarle el trauma de su primera experiencia sexual sería como desnudarse ante él. Abrir viejas heridas que nunca habían llegado a cerrarse. Sin embargo, había algo en Cam que le daba fuerzas nuevas. Quizá había llegado el momento de contarlo para poder respirar sin experimentar ese fuerte sentimiento de vergüenza.

—Durante mi primer año de universidad fui a una fiesta... —respiró hondo antes de continuar—. Yo intenté adaptarme para no estar al margen todo el rato. Bebí un par de copas... Demasiadas en realidad...

Violet levantó la vista y vio que Cam la miraba con preocupación. Eso le dio valor para continuar.

—La cosa se volvió confusa y... Bueno, me desperté y había tres... —tragó saliva—. Al principio no estaba segura de si era una pesadilla. Estaba en la cama con un hombre, no lo conocía...

—¿Te violó? —preguntó Cam, como si le costara pronunciar las palabras.

Violet bajó la mirada.

—No estoy segura... No recuerdo esa parte. ¿Se puede llamar violación si no recuerdas nada? No solo había un hombre... No estoy segura de si solo estaban mirando o...

Él la agarró de las manos y la acercó hacia sí, pero sin rozarle el cuerpo, como si estuviera preocupado por no hacerla sentir incómoda.

–¿Lo denunciaste?

Violet negó con la cabeza.

–No soportaba que nadie se enterara. No se lo conté a nadie, ni siquiera a mi madre, a Rose, o a Lily. Me sentía muy avergonzada por haberme metido en esa situación. Me encerré y... bueno, y dejé mis estudios. No podía evitar pensar que la gente me miraba de otra manera en el campus. Pensé que lo mejor era continuar y fingir que nunca había pasado.

Él la abrazó con delicadeza y apoyó la cabeza sobre la de ella.

–Ojalá hubiese estado yo en esa fiesta porque no habría permitido que esos canallas hubieran hecho eso.

Al sentir las vibraciones que producía su voz, en el torso contra su pecho, Violet experimentó cierto consuelo. Se sentía segura de una manera en la que no se había sentido en años. Si él hubiera estado allí. Si ella hubiese podido ir a buscarlo para que la abrazara y la protegiera. Él era ese tipo de hombre. Honorable. Caballeroso. Nunca se aprovecharía de una mujer que hubiera bebido demasiado como para poder dar su consentimiento. El mundo necesitaba más hombres como Cam. Hombres que no tuvieran miedo de enfrentarse a los acosadores. Hombres valientes y con valores. Hombres que trataran a las mujeres como iguales y no como objetos para satisfacer sus deseos.

Violet lo miró.

–Gracias.

Él le retiró el cabello de la cara.

–No fue culpa tuya, Violet. Lo que hicieron esos

hombres estuvo mal. No eres tú la que debe avergonzarse. Ellos cometieron un delito, igual que todos lo que estaban en la fiesta, lo vieron y no lo denunciaron.

—Me preocupaba que pudieran tener fotos.

Él puso una mueca como de dolor.

—¿Recuerdas si alguien sacó alguna?

Violet negó con la cabeza.

—No, pero hay tantas cosas que no recuerdo que nunca podré estar segura. Eso hace que continúe la humillación de aquella noche. Durante diez años he estado preocupada por si alguien tenía fotos mías de esa noche, y yo no podía hacer nada.

Cam se puso tenso de rabia.

—Piénsalo de este modo. Si las fotos aparecieran, podrías utilizarlas como prueba en el juicio. Podrías identificar a los abusadores y presentar cargos contra ellos.

Violet no lo había pensado y, de pronto, sintió como si le quitaran un peso de encima. Apoyó la cabeza contra su torso e inhaló su aroma. Él continuó acariciándole la cabeza, provocando que se sintiera como la mujer más preciada del mundo, en lugar de una mujer sucia y mancillada para usar y tirar.

Violet no sabía cuánto tiempo habían pasado así. Podían haber sido segundos, minutos o media hora. Lo único que sabía era que se sentía como si hubiera llegado a un puerto seguro después de años navegando por un mar impredecible.

Finalmente, él se separó de ella y continuó acariciándole el dorso de las manos con los pulgares.

—Quiero que sepas una cosa, Violet. Conmigo siempre estarás segura. Siempre.

Violet no estaba segura de querer sentirse segura. Lo que sentía hacia él era peligroso. Y emocionante.

–Gracias... Y por favor, prefiero que no le cuentes nada a mi familia. Quiero olvidarlo.

–¿Soy la única persona a la que se lo has contado?

Violet asintió.

–Extraño, ¿verdad? Solo a ti.

–¿Y por qué a mí? –preguntó con el ceño fruncido.

–No lo sé... Nunca pensé en que te lo diría. Supongo que no quería que pensaras...

Él la sujetó por la barbilla para que lo mirara.

–Eh –sus ojos parecían zafiros oscuros–. Nunca podría pensar nada malo de ti, y tú no deberías pensar así. Eres una bella persona a la que le pasó una cosa muy fea. No continúes castigándote.

Violet había pasado años culpándose por haber estado en el lugar inadecuado en el momento inadecuado. Y por tener la personalidad equivocada. Si hubiese sido menos confiada y menos reservada, quizá no habría sucedido. Durante mucho tiempo se sintió culpable por haberse metido en aquella situación, pero después de contárselo a Cam, se dio cuenta de que había llegado el momento de aceptar que le podía haber sucedido a cualquiera. Y que ese día, ella fue *cualquiera.*

Violet miró a Cam a los ojos. ¿Quería decir que no iba a tocarla? Ella deseaba que lo besara. Liberarse del pasado y mantener una relación con un hombre que la respetaba y la trataba como a un igual. ¿Por qué no podía ser Cam? Él la escuchaba como si fuera la única persona del mundo con la que deseaba hablar. Cam, el hombre en el que confiaba lo suficiente como para contarle su secreto más vergonzoso.

El teléfono de Cam comenzó a sonar. Él lo sacó del bolsillo y puso una mueca al ver la pantalla.

—Es Fraser —presionó un botón para silenciar la llamada—. Lo llamaré más tarde.

Violet se mordió el labio inferior. Fraser no abandonaría así como así. Ella todavía tenía que hablar con él y con sus hermanas. ¿Cuánto tardaría alguien de su familia en sospechar que las cosas no eran como parecían? ¿Y si ponía en peligro el contrato de Cam? Ella no quería sentirse responsable por estropear las Navidades de todo el mundo.

—Esta situación se está complicando... A mí no se me da bien mentir. ¿Y si alguien descubre que no es real?

Él le acarició el rostro y ella se estremeció.

—Nadie lo adivinará. Estás haciendo un gran trabajo.

«Eso es porque no estoy segura de si todavía estoy fingiendo».

Capítulo 4

MEDIA HORA más tarde, Cam llevó a
Violet a su casa. Todavía seguía pensando
en lo que ella le había contado. Apenas
podía contener la rabia que sentía por lo que le había sucedido a ella. Él respetaba a las mujeres y no
le gustaba que hubiera hombres capaces de comportarse de esa manera. Durante años, Violet había
vivido avergonzada por haber estado en el lugar
equivocado, con la gente equivocada. Le entriste-
cía pensar que ella se responsabilizaba por lo ocurrido. No le extrañaba que no tuviera relaciones
sentimentales. ¿Cómo iba a salir con hombres si no
era capaz de confiar en ellos?

Él no se fiaba de sí mismo cuando estaba con
ella. Y no era porque se sintiera capaz de hacer algo
que ella no deseara que hiciera. La atracción que
había surgido entre ellos era algo que él trataba de
ignorar. Estaba bien fingir durante un par de semanas que estaban comprometidos. Y besarse e ir de
la mano serviría para añadir un poco de autentici-
dad, pero ¿llegar más lejos?

No era buena idea.

No obstante, cada vez que miraba a Violet el
deseo se apoderaba de él.

No sería justo crearle esperanzas acerca de que

él podría ofrecerle algo más que una relación temporal. Odiaba hacer daño a otras personas. Si le
partía el corazón a Violet, nunca se lo perdonaría. Y
la familia de Violet, tampoco.

«Comprometidos a través de los medios socia-
les».

Qué pesadilla. ¿Cómo se había metido en ese
lío?

Cam acompañó a Violet hasta la puerta de su
apartamento y, al llegar allí, vieron que estaba en-
treabierta. Ella se paró de golpe y dio un paso atrás,
chocándose con el cuerpo de Cam.

—Oh, no...

Cam colocó las manos sobre sus hombros.

—¿Qué pasa? —entonces vio lo que había visto
ella. La puerta estaba forzada—. No toques nada
—dijo él, apartándola a un alado—. Llamaré a la policía.

La policía llegó al cabo de unos minutos y ana-
lizó la situación. Los agentes les dijeron a Cam y a
Violet que esa misma noche habían entrado a robar
en varios pisos y que iban buscando dinero y droga.
Cuando pudieron entrar en el apartamento, Cam le
dio la mano a Violet e inspeccionaron el lugar. Todo
estaba hecho un desastre. Había ropa, zapatos, libros, comida y menaje de cocina por todos sitios,
como si los ladrones quisieran destrozar lo máximo
posible.

Cam se percató de que Violet estaba nerviosa a
pesar de que trataba de mostrar valentía. Le temblaba el labio inferior y miraba de un lado a otro

preguntándose cómo podría recolocar su casa. Él se preguntaba lo mismo...

—Tengo que llamar a Stef y a Amy —dijo ella, y sacó el teléfono del bolso con nerviosismo.

Cam la habría llevado al sofá para que se sentara, pero lo habían rajado con un cuchillo y la policía se lo había llevado para tomar huellas. Él se estremeció al pensar en qué habría pasado si Violet hubiese estado sola en el apartamento cuando entraron los ladrones. No quería ni pensar en ello. Agarró una silla, se aseguró de que estuviera bien y dijo:

—Ven, cariño. Siéntate y yo llamaré a tus compañeras.

—¿De veras? No estoy segura de que pueda pensar con claridad.

Cam llamó a ambas compañeras de piso y les contó lo que había sucedido. Les comentó que todo estaba bajo control y que había llamado a un cerrajero de urgencia para reparar la cerradura.

—No os preocupéis por Violet —añadió Cam—. La llevaré a mi apartamento.

Por supuesto que se la llevaría a su casa. No podía dejarla en ese apartamento, asustada y pensando en que pudieran entrar otra vez. O peor. Lo lógico era que se la llevara a casa con ella. Cualquier amigo haría lo mismo. A él no le gustaba mucho invitar a amigos a dormir. Le gustaba demasiado tener su propio espacio, pero era Violet. Una amiga de hacía mucho tiempo.

Era una pena que su cuerpo no tuviera tan claro la parte de la amistad. Sus hormonas tendrían que controlarse.

Mientras el cerrajero cambiaba la cerradura, uno de los vecinos de Violet se acercó a hablar con ella.

–¿Estás bien, Violet? –preguntó el hombre mayor–. No he oído nada. Las pastillas para dormir que me ha dado el médico me dejan anulado.

Violet sonrió al hombre.

–Estoy bien, señor Yates. Me alegro de que no se enterara de nada. ¿Cómo se encuentra? ¿Está mejor de su bronquitis?

Cam pensó que era típico que Violet se preocupara más por los demás que por ella misma. El hombre la miró y contestó:

–El médico dice que debo dejar de fumar, pero a mi edad ¿qué otros placeres voy a encontrar? –se volvió para mirar a Cam–. ¿Y usted quién es, joven?

–Violet y yo somos...

–Amigos –dijo Violet antes de que Cam pudiera terminar la frase.

–¿Novios? –preguntó el señor Yates, moviendo las cejas.

–Pareja –contestó Cam con cierta sensación de orgullo que no era capaz de explicar. La palabra «novios» sonaba a algo muy juvenil. Y «amante» era algo mucho peor. Violet no era el tipo de mujer que tenía amantes.

El señor Yates sonrió.

–Enhorabuena. Violet es una de las chicas más simpáticas que viven aquí. Nunca he comprendido cómo no tenía pareja hasta ahora. Es usted afortunado.

–Lo sé.

Cuando el cerrajero terminó su trabajo y el señor

Yates regresó a su casa, Cam acompañó a Violet al coche, llevando una bolsa con todo lo necesario para varios días. No había podido recoger mucha ropa porque la idea de ponerse las prendas que había tocado un desconocido la horrorizaba.

Durante el trayecto él la miró. Ella estaba un poco pálida y como abatida.

—¿Cómo te encuentras?

—No sé cómo agradecértelo... —hipó como si estuviera tratando de controlar el llanto—. Esta noche te has portado muy bien. No sé qué habría hecho sin ti.

Cam le agarró la mano y se la colocó sobre la rodilla.

—Eso es lo que hacen los amigos. O, mejor dicho, las falsas parejas... —su broma no tuvo el efecto esperado.

Ella se mordió el labio inferior con fuerza. Parecía tan vulnerable que Cam sintió cierta presión en el pecho. De pronto, pensó en cómo se habría sentido después de aquella maldita fiesta... Sola, asustada, impresionada, sin poder recurrir a nadie de confianza. Si él se hubiera enterado. Si hubiera estado con ella aquella noche, podría haber hecho algo para protegerla. Violet era el tipo de chica que provocaba que él deseara ir a buscar un caballo blanco y una armadura. La confianza que mostraba en él lo hacía sentir... confuso.

Deseaba protegerla, sin duda, pero también la deseaba de otra manera. Y eso era un problema. Llevarla a su casa era lo correcto. Podía haberla llevado a un hotel, pero sentía que necesitaba estar acompañada. Sus padres estaban en Escocia, y sus hermanos y hermanas vivían en distintas partes del país.

Cam tenía que ayudarla.

Violet había conseguido contener las lágrimas, porque Cam había hecho todo lo que era necesario hacer para que ella se sintiera tranquila y segura. Se había llevado un buen susto. Alguien había entrado en su apartamento y había rebuscado entre sus cosas y las de sus compañeras. Habrían visto su foto con las chicas que tenían colgada en la cocina, de forma que ellos podrían reconocerla cuando caminara por la calle, mientras que ella no tenía ni idea de quiénes eran. De pronto, era como regresar al campus universitario después de la fiesta. Ella no sabía quién era el enemigo. Habían tocado sus cosas, su ropa interior, habían invadido su territorio y se sentía agredida, igual que se había sentido agredida años atrás.

Cam la miró de nuevo y le acarició la mano. Era muy reconfortante. Violet sentía que estaba preocupado y que trataba de contener la rabia. ¿Estaría pensando en qué habría pasado si ella hubiera estado dentro de piso? Era justo lo que estaba pensando, y era aterrador. Se alegraba de que la hubiera acompañado hasta la puerta. Cam era ese tipo de hombre. Fuerte, capaz, con unos valores que concordaban con los de ella.

La propuesta de que se quedara en su apartamento era algo razonable, teniendo en cuenta que eran amigos desde hacía mucho tiempo, sin embargo, ella se preguntaba si realmente se sentía cómoda con la idea. ¿Contribuiría a que le resultara más difícil mantener aquella situación?

Una vez en casa de Cam, él llevó la bolsa de Violet hasta uno de los dormitorios. Al menos, la bolsa donde llevaba sus labores estaba intacta. Violet estaba tejiendo una mantita para el bebé de Lily y no soportaba la idea de que alguien hubiera podido destrozarla.

–Estaré una puerta más allá –Cam señaló hacia la habitación principal que estaba al final del pasillo–. Dejaré la puerta abierta por si necesitas algo durante la noche.

«Te necesito a ti», pensó ella.

–Gracias por todo.

Él sonrió y a ella se le encogió el corazón.

–De nada.

–¿Te importa si me tomo una bebida caliente? No estoy segura de si voy a poder dormir. Quizá un poco de leche caliente me ayude a conciliar el sueño.

–Por supuesto.

Violet lo siguió hasta la cocina y se sentó en un taburete mientras él preparaba un chocolate. Era extraño estar a solas con él en su casa, sabiendo que dormiría en una de sus camas. No en su cama. Eso lo había dejado muy claro. No obstante, la posibilidad de que cambiara de opinión era inquietante. Violet no podía dejar de mirar sus manos, imaginando cómo sería que acariciaran su cuerpo. Tenía unas manos grandes con dedos largos. Eran manos hábiles y cuidadosas. Manos que curaban en lugar de herir. Cada vez que él la tocaba, una ola de calor recorría su cuerpo. Sus caricias despertaban la sensualidad que llevaba años congelada debido al miedo.

Cam le entregó una taza de chocolate caliente y el azucarero.

–Aquí tienes.

Violet dio un sorbo y observó mientras él removía su chocolate. Cam tenía el ceño fruncido, como si todavía estuviera pensando en el apartamento y en la peor de las situaciones posibles.

–Solo me quedaré una noche –dijo ella–. Regresaré en cuanto las chicas y yo hayamos recogido todo.

–¿Crees que es buena idea? ¿Y si vuelven a entrar? No tenéis ningún sistema de seguridad. Ni siquiera tenéis cadena en la puerta. El casero debería estar avergonzado.

–Es una mujer.

–Da igual.

Violet agarró la taza entre las manos, dio otro sorbo y miró a Cam. Él había abandonado su bebida, como si estuviera demasiado preocupado.

–Sé que esto debe resultar extraño para ti... Tenerme aquí... –dijo ella–. Sabes, después de nuestra conversación acerca de... solo besos.

Él posó la mirada sobre sus labios, como si no pudiera evitarlo.

–No es extraño.

–Podría ir a un hotel o quedarme con...

–No –contestó él con firmeza–. Te quedarás aquí el tiempo que sea necesario.

«¿Y qué pasará con el resto de mi vida?». Violet bebió otro sorbo de chocolate y dejó la taza en la mesa. Tenía que parar de imaginarse un futuro con él. Estaba comportándose como una idiota romántica, pensando en un final feliz solo porque tenía casi treinta años y Cam era el primer hombre que la trataba como siempre había deseado que la trataran. Debían de ser las hormonas, o algo.

–Supongo que tiene sentido que esté aquí, puesto que se supone que estamos comprometidos.

–Sí, bueno, eso también.

Violet se bajó del taburete y llevó la taza al fregadero para enjuagarla antes de meterla en el lavavajillas. Se volvió y vio que Cam la miraba con el ceño fruncido.

–Yo... Me voy a la cama –dijo ella–. Gracias por todo, otra vez.

Él puso una media sonrisa.

–De nada. Espero que consigas dormir un poco.

Violet estaba a punto de darse la vuelta cuando, de pronto, decidió acercarse donde estaba Cam. Se puso de puntillas y lo besó en la mejilla. Él la sujetó por las caderas, y la atrajo hacia sí, como si no pudiera evitarlo. La miró a los ojos y dijo:

–No deberíamos hacer esto, Violet. Solo hace las cosas más...

–¿Más qué? –preguntó Violet–. ¿Emocionantes? –añadió al sentir su miembro erecto contra la tripa.

Cam la apartó de su cuerpo, como si quemara. Tenía el ceño fruncido, pero a ella le daba la sensación de que el motivo era él, no ella.

–Estás disgustada por lo del robo –dijo él–. Emocionalmente alterada. No sería justo que me aprovechara de ti cuando te sientes vulnerable.

«¡Aprovéchate! ¡Aprovéchate!». Violet sabía que Cam se estaba comportando en concordancia al hombre considerado que era, pero, de todos modos, se sintió dolida por su rechazo. ¿Por qué no podían tener una aventura? Era la oportunidad perfecta para que ella superara el pasado y explorara su sensualidad sin vergüenza, sin temor, y con un hombre al que admiraba y en el que confiaba. ¿Por qué no se daba cuenta de que lo necesitaba para ayudarla a superar el pasado?

–Siento haberte malinterpretado. Por supuesto que no quieres acostarte conmigo. Nadie quiere hacerlo, a menos que esté en estado de coma. ¿Por qué se me da tan mal esto?

Cam la agarró por los hombros y la miró a los ojos.

–No hay nada que se te dé mal. Eres una mujer joven y con talento que merece ser feliz. Si seguimos adelante, no tendremos claro cuál es el límite en nuestra relación.

Violet colocó las manos sobre el torso de Cam y notó su corazón acelerado.

–Tú me deseas, ¿verdad?

Él la estrechó contra su cuerpo y la miró a los ojos.

–Te deseo, pero...

–Olvídate del «pero» –dijo Violet–. Si fuera otra mujer, tendrías una aventura conmigo, ¿no?

Cam respiró hondo.

–No eres el tipo de mujer que tiene aventuras, así que...

–¿Y si lo fuera? ¿Y si yo quisiera tener una aventura contigo porque estoy cansada de ser la chica sin cita, la chica que no ha tenido una relación sexual de verdad? Estoy harta de ser esa chica, Cam. En enero cumpliré treinta años. Quiero encontrar el valor para descubrir mi sexualidad, y ¿con quién mejor que contigo? Alguien en quien confío y con quien me siento a salvo.

–No quiero hacerte daño –dijo él–. Es lo último que quiero.

–¿Cómo puedes hacerme daño? –preguntó Violet–. No te estoy pidiendo que te comprometas a algo permanente. Sé que no es lo que quieres, y me parece bien. Podemos tener una aventura mientras dure nuestro compromiso fingido. Hará que parezca más auténtico.

Él le sujetó el rostro con la mano y le acarició la mejilla con el pulgar.

–Parece que lo tienes todo pensado.

–Así es, y sé que es lo que quiero. Y es lo que tú quieres también, ¿no?

–¿Qué pasará con tu familia?

–¿Qué pasará? –dijo Violet–. Ya se creen que estamos juntos. Entonces, ¿por qué no podemos estar juntos de verdad?

–Hay algo que no me convence de tanta lógica, pero no sé lo que es.

–¿Qué tiene de lógica el deseo?

–¿Eso es todo lo que hay?

–Por supuesto –Violet contestó demasiado deprisa–. Te quiero, pero no estoy enamorada de ti.

Cam la observó como si intentara descubrir la verdad detrás de su mirada.

–La cosa es que... Una buena relación sexual puede hacer que la gente se enamore.

Violet ladeó la cabeza.

–Imagino que tú has tenido relaciones sexuales muy buenas. ¿Te has enamorado alguna vez?

–No, pero eso no...

–Entonces, ¿qué te hace pensar que esta vez podría pasar?

Él pestañeó como si estuviera confuso.

—No me preocupa que yo me enamore, me preocupa que te enamores tú.

Violet arqueó las cejas.

—¿Qué te hace pensar que tú no llegarás a enamorarte?

Cam tardó en contestar.

—Para mí, el sexo es algo puramente físico. Nunca permito que se impliquen mis emociones.

—Suena divertidísimo, mantener relaciones con una persona sin conectar a nivel emocional. Solo corporalmente.

Él frunció el ceño.

—Maldita sea. No es eso. Al menos conozco cómo se llaman y me aseguro de que están conscientes y me han dado su consentimiento.

Violet no iba a disculparse por ser tan directa. En su opinión, él se estaba cortando las alas si solo tenía relaciones basadas en el deseo sexual. ¿Dónde quedaba la posibilidad de compartir la vida con otra persona? ¿Y la de envejecer juntos? ¿Y lo de estar plenamente presente en una relación que te hace crecer como persona?

Todo lo que ella deseaba y que no había conseguido encontrar.

—Me recuerdas a Fraser antes de que conociera a Zoe. Siempre decía que nunca se iba a enamorar. Mira lo que le pasó. Conoció a Zoe por casualidad y ahora está casado, tiene gemelos y no puede ser más feliz.

Cam respiró hondo con frustración.

—Es diferente. Tu hermano ha tenido el ejemplo de tus padres desde que era un bebé. Todos vosotros lo habéis tenido. Yo he tenido un ejemplo completamente diferente, y no se lo deseo a ninguna pareja ni a ningún hijo.

Violet observó que había amargura en su mirada. Además, Cam se había separado de ella, como si no se fiara de sí mismo.

–¿Qué es lo que pasó con tus padres exactamente para que estés tan en contra del matrimonio?

–Se casaron únicamente porque mi madre se quedó embarazada de mí. Ambas familias los presionaron para que lo hicieran. Mi madre estaba enamorada de mi padre, pero él no sentía lo mismo hacia ella. Fue un desastre desde el principio. Recuerdo a mis padres discutiendo desde que era pequeño. En realidad, son los únicos recuerdos que tengo.

–Eso no significa que tú tengas que tener una relación así –dijo Violet–. No eres ese tipo de persona.

–Gracias por el intento, pero estoy bien con mi forma de vida. No tengo que dar explicaciones, soy libre para hacer lo que quiero, cuando quiero y con quien quiero.

–Siempre y cuando no esté casada con tu cliente más importante o sea la hermana pequeña de tu mejor amigo –dijo Violet.

Cam apretó los labios como buscando respuesta.

–Violet...

–Está bien –se volvió gesticulando con la mano–. He captado el mensaje. No quieres complicar las cosas acostándote conmigo. No voy a suplicártelo. Encontraré a alguien más. Después de que haya terminado nuestro compromiso, por supuesto.

Fue una buena despedida.

Y habría sido mejor si, al salir, no se hubiera tropezado con la alfombra.

Capítulo 5

CAM BLASFEMÓ y se pasó la mano por el cabello. ¿Cómo se le ocurría pensar en aceptar su propuesta de que tuvieran una aventura? Violet era la última mujer en la que debía pensar. Era tan inocente. Tan vulnerable. Tan adorable.

Sí, adorable, y por eso tenía que tener cuidado. No podría apartarse de ella cuando terminara su aventura y pensar en que no volvería a verla jamás. La vería cada vez que fuera a una reunión de la familia Drummond. Por supuesto, podría evitar ir, pero eso significaría castigar al resto de la familia, además de a sí mismo.

Claro que igual merecía que lo castigaran por haber involucrado a Violet en aquella farsa. Si no le hubiera pedido que lo acompañara a cenar, nada de eso habría sucedido.

Y por si la cena y la fiesta de Navidad del día siguiente no fuera suficiente, encima la tenía durmiendo en una de sus habitaciones. Así que Cam pasaría la noche en un estado de completa excitación. Y ni siquiera le serviría una ducha de agua fría.

¿Qué le pasaba?

¿Dónde había dejado el autocontrol?

¿Por qué la había besado? Ese había sido su primer error. El segundo había sido seguir tocándola. En cuanto ella se acercaba, él la tocaba.

Debía dejar de pensar en hacerle el amor. Dejar de imaginarlo. Dejar de desearlo.

Lo cierto era que solo podía pensar en eso desde que se había encontrado con ella en el café. Y era extraño, porque él nunca se había fijado en ella de esa manera. Durante años, había sido una chica más de la familia Drummond, igual que Rose y Lily. Una hermana para él. No obstante, todo había cambiado la última vez que visitó Drummond Brae. Él notó cuando ella posó la mirada en él. Su cuerpo captó su presencia como si fuera un radar. Y cuando ella sonrió, a él se le formó un nudo en el estómago. Además, se le erizó la piel cuando ella pasó a su lado, y cuando sus rodillas se encontraron bajo la mesa, notó que se le tensaba la entrepierna.

A pesar de que ella estaba en otra habitación, él no podía dejar de pensar en ella. En su silueta de bailarina, en sus preciosos ojos de color caramelo, en su cabello castaño que siempre olía a flores y en sus labios perfectos. Tenía fantasías acerca de esos labios. Fantasías sexuales que no debía tener porque ella era como una hermana para él.

«Me temo que no lo es».

¿Era ese el motivo por el que la había invitado a ir a su casa? ¿En algún lugar de su inconsciente había aprovechado la oportunidad de tenerla en su casa para poder pasar al siguiente nivel? El nivel que Violet deseaba. El nivel que cambiaría todo entre ellos de forma permanente. ¿Cómo podría mirarla en un futuro y no recordar el sabor de su boca? Ya le costaba no pensar en cómo había respondido ante su beso. En la suavidad de sus labios, y en su lengua tímida y juguetona a la vez. En cómo deseaba explorar cada centímetro de su cuerpo, mimarlo, y liberarlo del temor que lo dominaba.

¿Cómo podía hacer todo eso, si sabía que ella quería mucho más? Ella buscaba encontrar el cuento de hadas que él evitaba, porque sabía que amar a alguien a ese nivel podía implicar arruinarse la vida. Si alguna vez llegaba a asentarse con una pareja, sería para mantener una relación basada en intereses similares y no en el amor, algo que podía desvanecerse después de los primeros momentos de pasión. Su madre seguía pagando el precio de amar sin precaución. No solo había arruinado su vida, sino también la de otras personas a su paso. Él no quería pasar por algo similar, con implicación emocional. Ya tenía sentimientos hacia Violet, y debía tener cuidado. Además, tenerla en su casa ayudaba a que esos sentimientos se intensificaran. La idea de tenerla a dos puertas de distancia era una tortura. Hacer el amor con Violet, sería eso: hacer el amor. Alimentarlo, y nutrirlo para que se convirtiera en amor de verdad. El sexo era algo diferente y sencillo de mantener si los sentimientos se mantenían al margen.

Debía ser fuerte. Decidido. Resolutivo. Violet buscaba a un hombre a quien entregarle su corazón. Era vulnerable y no estaba bien que él le diera la impresión de que podrían mantener una aventura y ver hasta dónde llegaban.

«¿Por qué no podía ser así?».

Cam trató de no pensar en ello, pero no conseguía quitárselo de la cabeza. No podía dejar de pensar en cómo sería tener a Violet en su vida día tras día, mes tras mes, año tras año. Tenerla como una pareja permanente, y no como una invitada temporal. Cam no era tan cínico como para no poder ver los beneficios de un matrimonio duradero. Solo tenía que ver a los padres de Violet para ver cómo podía funcionar un matrimonio bien avenido.

¿Y quién le garantizaba que su matrimonio funcionaría? No había garantías, y eso era lo que más lo asustaba.

Violet no esperaba dormir mucho después de aquella tarde tan agitada. Pensaba que tendría pesadillas acerca del robo de su apartamento, pero lo único que soñó fue que Cam la besaba, la acariciaba y la hacía sentir cosas que nunca había imaginado que era posible sentir. Comprendía que él quisiera ser cauto y no mantener relaciones sexuales con ella. Por supuesto, correrían el riesgo de que todo cambiara en su relación. Y eso no se podía deshacer. Cada vez que se encontraran en las reuniones familiares, su historia sensual se interpondría entre ellos. Cam solo la había besado y abrazado y, sin embargo, a ella le iba a costar un gran esfuerzo olvidarlo. Era como si sus caricias hubieran penetrado en su cuerpo y ella supiera que nunca se sentiría de la misma manera con otra persona. Sus caricias habían desatado los deseos primitivos que ella tenía escondidos a causa de la vergüenza.

Violet se levantó de la cama y se dio una ducha, pero cuando vio la bolsa de ropa que había recogido la noche anterior supo que nunca podría ponérsela. ¿Cómo podía estar segura de que los ladrones no la habían tocado? ¿Y si se la ponía y los ladrones la reconocían por la ropa? Solo tenía la ropa que se había puesto para la cena de la noche anterior y no le apetecía ponérsela después de ducharse. Además, era demasiado elegante para ponérsela un sábado por la mañana. Lavó la ropa interior y la secó con el secador que encontró en uno de los cajones del baño. En el perchero de detrás de la puerta encontró un albornoz, así que se lo puso encima de la ropa interior.

Cuando llegó a la cocina, Cam estaba sirviendo cereales en un plato. Nada más verla, la miró de arriba abajo, como si estuviera imaginando su cuerpo desnudo bajo el albornoz. Se aclaró la garganta y comenzó a guardar los cereales en el paquete.

—¿Has dormido bien?

—No muy mal...

Él sacó una cuchara de un cajón y se volvió para sacar la leche de la nevera. Violet lo miró y se fijó en sus pantalones vaqueros y en el jersey de lana y la camiseta blanca que llevaba. Debería estar prohibido que un hombre estuviera tan atractivo en ropa normal. Los vaqueros resaltaban su trasero y el jersey, la musculatura de la parte superior de su cuerpo. Tenía el cabello mojado y parecía que el único peine que había usado era su mano.

—¿Qué te apetece desayunar? —dijo él—. Me temo que no puedo igualar el famoso desayuno de tu madre, pero puedo ofrecerte cereales, tostadas, fruta y yogurt.

—Suena de maravilla —Violet se sentó en el taburete frente a él—. ¿Puedo pedirte un favor?

Él la miró a los ojos.

—Mira, anoche ya hablamos de esto y la respuesta es...

—No era eso —Violet se mordió el labio inferior. ¿Tenía que repetírselo? Así que no quería acostarse con ella. Muy bien. Ella no tenía intención de arrastrarlo hasta el dormitorio contra su voluntad.

—Se trata de mi ropa. Necesito ir a comprarme ropa nueva. No soporto la idea de usar la que tenía en el apartamento, ni siquiera la que me he traído, y no quiero ponerme el vestido de fiesta porque parecerá que he estado toda la noche por ahí.

Él frunció el ceño.

—¿Quieres que vaya de compras para ti?

—Te daré mi tarjeta de crédito. Solo necesito que me traigas un par de cosas. Luego ya puedo ir yo a comprar el resto.

Él suspiró y le entregó una hoja de papel y un bolígrafo.

—Hazme una lista.

Cam nunca había ido a comprar ropa para una mujer y no se había imaginado que hubiera tanto para elegir. Aunque escoger un par de vaqueros y un jersey no supuso demasiado problema. El problema era intentar no mirar la sección de lencería y no imaginarse a Violet con esas prendas. Tenía que salir de allí antes de que decidiera comprarle el corsé rojo con encaje de seda negra. En cuanto terminó de comprar lo que le había encargado, salió a la calle. De camino a casa pasó por una joyería. Había pasado por delante de esa tienda cientos de veces, y nunca había mirado ni el escaparate. Por algún motivo, abrió la puerta y se acercó al mostrador.

«Solo es una proposición».

La fiesta de la oficina de Violet era esa misma noche y ¿qué tipo de novio parecería si ni siquiera le había comprado un anillo decente? No era necesario hipotecar la casa para comprar un diamante, pero había uno en el mostrador que parecía perfecto para Violet. Puesto que había acariciado sus manos varias veces, no tuvo ningún problema en elegir la talla. De hecho, estaba casi seguro de que conocía la talla de todo su cuerpo. Tenía su imagen grabada en la memoria y no lo dejaba dormir por la noche.

Cam pagó por el anillo, lo guardó en el bolsillo y salió de la tienda. Justo cuando estaba a punto de llegar a casa, recibió la llamada de Fraser. No podía pasar más tiempo evitando la conversación, pero tampoco se sentía muy cómodo ante la idea de mentir a su mejor amigo.

—¡Hola! Siento no haber contestado tus llamadas —dijo él—. Todo ha sucedido muy deprisa y...

Fraser soltó una risita.

—No tienes que disculparte, amigo. En Semana Santa vi cómo mirabas a Vivi. ¿Por eso te marchaste a Grecia? ¿Para no caer en la tentación de actuar?

Pensándolo bien, quizá Fraser tenía razón. Cam solía viajar a menudo para encontrarse con un cliente, pero la oportunidad de pasar unos meses en

Grecia había sido la escapatoria que necesitaba. Quería tomar un poco de perspectiva y recordarse que no debía traspasar fronteras peligrosas. No obstante, durante el tiempo que había estado fuera, Violet había estado presente en su cabeza.

–Sí, bueno, ahora que lo mencionas.

–Es una gran noticia –dijo Fraser–. No podría estar más encantado. Zoe dice que estas van a ser las mejores Navidades de todas. ¿Has oído lo del abuelo? Está entusiasmado con lo de la boda.

«La boda que no va a tener lugar...».

–Sí, tu madre me lo dijo. Es estupendo que se encuentre mejor.

–¿Y cuándo es el gran día? ¿Voy a ser el padrino? No quiero presionarte...

Cam soltó una risa nerviosa.

–Primero tengo que asistir a la quinta boda de mi padre. Después, pondremos la fecha de la nuestra.

–¿Qué tal es tu nueva madrastra?

–Ni me lo preguntes.

–¿Tan serio es el asunto?

–Sí. Así de serio.

Violet recorrió la casa de Cam mientras él estaba fuera. Era una casa preciosa, pero le faltaba personalidad. No había nada que indicara cómo era la vida privada de su único ocupante. No había fotos de la familia ni recuerdos de la infancia. Al contrario que su casa familiar en Escocia, donde la madre de Violet había enmarcado y documentado cada uno de los logros de sus nietos. La casa de Cam no tenía nada de su infancia. No había fotos de él con sus padres, ni de cuando era niño. Era como si no quisiera acordarse de esa parte de su vida.

Violet estaba mirando uno de los cuadros que había en el estudio cuando Cam entró con las bolsas de la compra.

–Has tardado años –dijo ella–. ¿Había mucha gente? Las tiendas pueden llegar a ser una pesadilla en esta época del año. No debería habértelo pedido. Lo siento.

–Está bien –le entregó las bolsas–. Será mejor que compruebes si he comprado la talla adecuada.

Violet agarró las bolsas y las dejó sobre el escritorio. Sacó el jersey y lo colocó contra su cuerpo. Era un precioso jersey de lana azul muy suave. En el otro paquete había un par de pantalones vaqueros. Y en el fondo de la bolsa un paquete muy pequeño. Al ver que tenía la etiqueta de una joyería de lujo, le dio un vuelco el corazón.

–¿Qué es esto?

–Un anillo de compromiso.

A Violet se le aceleró el corazón. ¿Eso significaba que...? Cam se estaba...

–¿Has comprado un anillo? ¿Para mí?

–Es solo para aparentar. Imaginé que esta noche todo el mundo te pediría ver el anillo en la fiesta de tu oficina.

Violet abrió el paquete con cuidado y encontró una caja de terciopelo que contenía un diamante engarzado en un anillo de oro blanco. Era perfecto. ¿Cómo sabía Cam que a ella no le gustaban las joyas llamativas? Lo sacó de la caja y se lo puso en el dedo.

–Es precioso –le dijo a Cam–. Lo devolveré después de Navidad, ¿de acuerdo?

–No –contestó él con firmeza–. Quiero que te lo quedes. Considéralo un regalo por haberme ayudado con el contrato de Nicolaides.

Violet levantó la mano y miró el brillo que desprendía el diamante. No le gustaba pensar que quizá fuera el único anillo de compromiso que recibiera en la vida. Bajó la mano y miró a Cam.

–Es muy generoso por tu parte, Cam. Es precioso. Yo no habría elegido mejor. Gracias.

–De nada.

Violet recogió la ropa nueva y las bolsas y dijo:

–Voy a vestirme y saldré a renovar mi armario. ¿Qué planes tienes?

–Trabajar.

–¿El fin de semana?

Él la miró como diciendo: «Es lo que hay».

–Esta tarde me reuniré contigo. ¿A qué hora es la fiesta?

–A las ocho.

–Volveré a tiempo para recogerte. Acomódate como si estuviera en tu casa –se acercó al escritorio y sacó una llave de un cajón–. Aquí tienes la llave de casa.

Violet agarró la llave y, cuando sus dedos rozaron los de Cam, se estremeció. Él la miró a los ojos y ella se preguntó si solo se iba a trabajar para apartarse de la tentación de pasar tiempo con ella. Y de hacer cosas. Cosas indebidas. Cosas que provocaban que se le acelerara el corazón y se le formara un nudo en el estómago.

–¿Cam?

Él posó la mirada sobre sus labios y ella vio que tragaba saliva.

–No lo compliques más –comentó él, tratando de no perder el control.

Con un coraje que no sabía que poseía, Violet se acercó y colocó las manos sobre su torso, acercando las caderas a las de él.

–¿No debería darte un beso por haberme comprado un anillo tan bonito?

A Cam se le oscurecieron los ojos. Acercó el cuerpo al de ella y no ocultó su miembro erecto. El deseo se apoderó de Violet. Notaba sus senos presionando contra la tela del albornoz y los pezones turgentes. Anhelaba que Cam la acariciara.

Él inclinó la cabeza al mismo tiempo que ella se puso de puntillas. Sus bocas se encontraron en medio de un estallido de deseo que provocó que Violet se estremeciera y que Cam la agarrara por las caderas y la apretara contra su cuerpo.

La besó de forma apasionada, jugueteando con su lengua de manera íntima. No era un beso de amigos. Era un beso de deseo, de frustración, de anhelos que no podían esperar para saciarse.

Cam continuó besándola mientras le abría el albornoz para dejar sus senos al descubierto. Violet comenzó a temblar al sentir que la acariciaba con delicadeza. No tenía ni idea de que los senos pudieran ser tan sensibles. Ni de lo maravilloso que era que un hombre le acariciara el pezón con el dedo pulgar.

No era suficiente. Su cuerpo deseaba más. Más contacto, más fricción, más calor provocado por la excitación sexual. Ella presionó el cuerpo contra el de Cam, disfrutando de la sensación de sentir su miembro erecto. Ella había provocado que estuviera así.

–Esto es una locura –dijo Cam.

Violet no le dio oportunidad de retirarse. Se acercó más a él y recorrió los labios con su lengua, estremeciéndose al oír que él gemía. Cam empezó a besarla de forma apasionada otra vez. La sujetó por las caderas para presionarla contra su miembro. Violet se puso tensa con anticipación. ¿Cómo había sobrevivido tanto tiempo sin esa sensación mágica? Las caricias de Cam hacían que necesitara más.

Él retiró la boca y comentó:

–Así no, aquí no.

Violet continuó rodeándolo por la cintura, para no darle la oportunidad de romper el contacto.

–No me digas que no me deseas, porque sé que sí.

–No hay mucha posibilidad de ocultarlo, ¿no? Quiero que estés cómoda y hacer el amor sobre el escritorio o en el suelo no entra dentro de mi idea de comodidad.

Antes de que Violet pudiera decir nada, él la tomó en brazos para llevarla a su dormitorio. Junto a la cama, la deslizó contra su cuerpo para dejarla en el suelo y la besó, explorando su boca con delicadeza y ardor al mismo tiempo.

Violet le retiró el jersey y la camiseta para poder acariciarle la piel desnuda. Percibió el calor de su cuerpo y su aroma masculino, la fina capa de vello varonil que cubría su torso... Jugueteó con sus pezones y acarició su vientre musculoso, que indicaba que era un hombre que practicaba ejercicio.

Cam le desató el cinturón del albornoz y comenzó a acariciarle el cuerpo. Violet se estremeció cuando sus manos rodearon su torso, sin tocarle los senos, pero lo bastante cerca como para sentir que moriría si no se los acariciaba. Él colocó la boca sobre la parte superior de su seno derecho, dándole tiempo para que se acostumbrara a ese nivel de intimidad. Le acarició el pezón con el pulgar, con un movimiento que provocó que ella se pusiera tensa de deseo.

En lugar de desnudarla del todo, él comenzó a quitarse la ropa sin dejar de mirarla. Cuando ya solo le quedaban unos calzoncillos negros, le quitó el albornoz. A Violet le dio un vuelco el corazón al ver cómo contemplaba sus senos. Cam se los acarició con cuidado, jugueteando con sus pezones antes de acariciárselos con la boca. Era una tortura que provocó que Violet se excitara todavía más.

Cam retiró la boca de sus senos y se arrodilló frente a ella antes de continuar besándola en el vientre. Violet respiró hondo y apoyó las manos sobre sus hombros, dudando de si podría soportar lo que él estaba planeando.

—Tranquila, cariño.

«Eso es fácil decirlo». Violet contuvo la respiración mientras él le retiró la ropa interior. El calor de su aliento contra la piel provocó que se estremeciera. Cam colocó la boca sobre su sexo con delicadeza y Violet sintió que le temblaban las piernas. Él comenzó a acariciarla con la lengua, y la sensación fue tan poderosa que ella se retiró.

—No puedo...

Cam la sujetó por las caderas con firmeza.

—Sí puedes. No tengas miedo. Confía en mí.

Violet lo miró mientras él acariciaba su cuerpo. Sus caricias eran tan tiernas y respetuosas que la ayudaron a ver su cuerpo de manera diferente, no como algo que de lo que debía avergonzarse u ocultar, sino como algo bello y capaz de recibir y dar placer. Cam continuó acariciándole con la lengua sobre el centro de su feminidad. La tensión era cada vez mayor, hasta que finalmente se convirtió en un orgasmo que se apoderó de ella por completo, provocando que perdiera la noción del tiempo y de la realidad.

Cam la besó de nuevo en el vientre, las costillas, los senos... Después se incorporó y la abrazó, besándola en la boca una vez más, de forma apasionada. A Violet, el hecho de percibir el sabor de su propio cuerpo en los labios y la lengua de Cam, le resultó tremendamente erótico.

Violet pensaba que era demasiado tímida como para retirarle los calzoncillos a Cam, pero, de algún modo, sus manos agarraron la cinturilla de la prenda y se los retiró. Le sujetó el miembro y se lo acarició con los dedos de arriba abajo. Participar en aquel encuentro sexual la hacía sentir poderosa. Cam comenzó a gemir. Era ella la que provocaba aquellos gemidos. Era ella a quien deseaba. La que lo excitaba y lo llevaba al límite del control.

Cam le retiró la mano y la acompañó hasta la cama, tumbándose sobre ella y apoyando el peso sobre los codos para no aplastarla.

−¿Estás cómoda?

−Sí −Violet se sorprendió de poder hablar. Él la hacía sentir segura, valorada y provocaba que la vergüenza que había sentido durante años pasara a segundo plano.

Cam le acarició el rostro y dijo:

–No tenemos que llegar más lejos si no estás preparada.

«¡Estoy preparada! ¡Estoy preparada!». Violet le acarició el mentón y lo miró a los ojos con decisión.

–Quiero sentirte en mi interior.

A Cam se le iluminó la mirada.

–Pienso ir despacio, y puedes detenerme en cualquier momento.

Buscó un preservativo en la mesita de noche y se lo puso antes de volver junto a ella. La coreografía de sus cuerpos alineándose para el encuentro era simple y compleja al mismo tiempo. Era como aprenderse los pasos de un baile, una pierna por aquí, otra por allí, los senos presionados contra su torso, sus brazos rodeando el cuerpo de Cam para aferrarse a él. Cam probó a penetrarla con cuidado, permitiéndole que se adaptara a su presencia. Ella notó el peso de su miembro esperando a adentrarse en su cuerpo, pero no le resultó amenazador.

Él la penetró despacio, esperando a que se relajara. Violet lo recibió en su cuerpo con pequeños gemidos. Él comenzó a moverse rítmicamente y ella se estremeció. La fricción de sus sexos provocó que se hiciera consciente de su cuerpo de un modo diferente. Descubrió terminaciones nerviosas que desconocía y activó músculos que no había activado nunca. Cam colocó la mano entre sus cuerpos y buscó el centro de su feminidad. Las caricias de sus dedos le provocaron sensaciones indescriptibles. Violet comenzó a temblar y a gemir con fuerza y perdió la capacidad de pensar. Estaba en medio del clímax y, tras sus ojos cerrados, vio miles de pequeños fuegos artificiales.

Después, se dio cuenta de que Cam se movía cada vez más rápido hasta que llegó al orgasmo. Ella percibió cada instante a través de las finas y sensibles paredes de su cuerpo. En un momento dado, él la penetró con fuerza y gimió de manera primitiva, provocando que Violet sintiera un temblor en el vientre, como las ondas de la brisa suave sobre la superficie de un lago.

Violet permaneció entre sus brazos acariciándole la espalda mientras él recuperaba el ritmo de la respiración. Era incapaz de encontrar las palabras para explicar lo que su cuerpo acababa de experimentar. Se sentía como si hubiera vuelto a nacer. Como si se sintiera viva otra vez.

¿Debía decir algo? ¿El qué? ¿Qué te ha parecido? Ese era el típico comentario. ¿Cuántas veces habría estado tumbado ahí con una mujer? ¿Con cuántas? Quizá no fuera el mayor playboy del planeta, pero tampoco vivía sin relaciones sexuales. Simplemente las mantenía en privado. ¿Cuántas mujeres habrían estado entre sus brazos y sentido lo mismo que ella? ¿Era lo normal? ¿O lo que ella había sentido era algo diferente? Algo más especial. Más intenso.

Violet sabía que era tonta por permitir que los sentimientos se implicaran en aquello, pero era Cam. No un chico cualquiera. Cam era un amigo. Alguien que conocía desde hacía años y al que siempre había admirado.

Habían entrado en un territorio nuevo y era extraño. Y agradable a la vez. ¿Volvería a hacerle el amor? ¿Cuándo? ¿Disfrutaría tanto con ella que alargarían su compromiso? ¿Y si se enamoraba de ella? ¿Y si decidía que casarse y tener hijos no era tan mala idea? ¿Y si...?

Cam se quitó el preservativo y la miró con una sonrisa.

—Eh.

Violet confiaba en que no fuera capaz de leer su mente, porque solo podía pensar: «Por favor, enamórate de mí. Por favor».

—Eh...

Él le retiró un mechón de pelo de la cara y frunció el ceño con preocupación:

—¿Te he hecho daño?

Violet notó un nudo en la garganta.

—No... Para nada.

Él le colocó otro mechón detrás de la oreja y la miró a los ojos.

—¿Estás segura?

¿Cómo se suponía que iba a mantener al margen los sentimientos si él la miraba de esa manera? ¿Y si sus manos la tocaban como si fuera algo realmente preciado para él?

—Estoy segura.

Cam la besó en la boca.

—Eres maravillosa.

Violet le acarició los labios con un dedo.

—Esto no cambiará nada entre nosotros, ¿verdad? Quiero decir, pase lo que pase, siempre seremos amigos, ¿no?

Algo nubló la mirada de Cam durante un instante.

—Por supuesto —la agarró de la mano y le besó la punta de los dedos antes de soltársela—. Nada podrá cambiar eso.

Violet no estaba tan segura. ¿Y si no podía recuperar la normalidad? Quizá él podía continuar relacionándose con ella como antes, pero ella no estaba segura de poder hacer lo mismo. ¿Cómo podría mirarlo y no pensar en cómo la había besado? ¿O en cómo sus manos le habían acariciado su parte más íntima? ¿Cómo no iba a pensar que él había despertado su cuerpo y la había hecho sentir cosas que nunca había imaginado que era posible sentir?

Física y emocionalmente. Cosas que no resultarían fáciles de olvidar una vez que hubiera terminado su aventura amorosa.

Capítulo 6

CAM ESPERÓ a que Violet se diera una ducha y se cambiara. Le habría gustado acompañarla, pero era consciente de que necesitaría tiempo para recuperarse. Él también lo necesitaba. ¿Dónde había perdido el autocontrol? No había sido capaz de resistirse a la tentación de hacer el amor con ella. Al parecer, tenían una aventura, pero no se parecía nada a ninguna de las aventuras que había tenido antes. Nunca había conocido a sus compañeras del modo que conocía a Violet. La confianza que mostraba en él ensalzaba la experiencia. Cada una de sus caricias, de sus besos, de sus gemidos, había hecho que su placer se intensificara. Era como hacer el amor por primera vez, pero no de una manera torpe y rápida, sino de una manera mágica y satisfactoria para ambos.

De algún modo, la idea de pasar la tarde trabajando ya no le resultaba atractiva. Además, debía reconocer que Londres era el mejor lugar para estar antes de Navidad. No era un aficionado a las compras, pero Violet necesitaba ropa nueva y él prefería pasar el tiempo con ella y no delante de su escritorio.

Violet bajó por las escaleras vestida con los pantalones vaqueros y el jersey que él le había comprado. Cam tuvo que esforzarse para no acariciarla. Deseaba meter las manos bajo el jersey y acariciarle los pechos. Sentir sus pezones turgentes contra la palma de la mano y ver cómo temblaba de placer.

Ella sonrió con timidez y se sonrojó una pizca, como si estuviera recordando lo que habían compartido.

–Pensé que te ibas a trabajar.

Cam se encogió de hombros.

–Puede esperar –le agarró la mano y se la besó–. Será mejor que te avise de que no se me dan muy bien las compras, perro que puedo llevarte las bolsas.

A Violet le brillaron los ojos al comprender que estaba dispuesto a acompañarla.

–¿Estás seguro de que no estás demasiado ocupado? Sé que los hombres odian ir de compras. Mi padre y Fraser se ponen muy pesados cuando intentamos llevarlos a un centro comercial.

Cam la agarró del brazo.

–Tengo interés especial en esta expedición. He de asegurarme de que Cenicienta lleva la ropa adecuada al baile de esta noche.

–Nunca sé qué ponerme para la fiesta de la oficina. Este año el tema es *Una Navidad de estrellas*. Hace unos años fue *Navidad en el Titanic*.

–Podrías aparecer con una bolsa de basura y seguirías destacando frente a las demás.

–Te agradezco que vengas conmigo. No puedes imaginarte cómo odio ir sola.

Cam se inclinó para besarla en la frente.

—Este año no irás sola. Estarás conmigo.

Cam no era un hombre al que le gustaran mucho las fiestas, pero debía admitir que la empresa de Violet había organizado una en la que era difícil no disfrutar. Se celebraba en uno de los mejores hoteles de Londres y la decoración era espectacular. Había unas campanas enormes de color verde, dorado y rojo, colgadas del techo. A un lado de la sala había un gran árbol natural con bolas que parecían de oro. También un ángel cubierto de cristales de Swarovski que brillaba de manera especial. La música era animada y divertida. La comida fabulosa. El champán de primera calidad.

O quizá él lo estaba pasando bien porque iba acompañado de la mujer más bella de la fiesta. El vestido que le había ayudado a elegir a Violet resaltaba su silueta y provocaba que deseara acariciarla. Los zapatos de tacón provocaban que la imaginara desnuda con ellos puestos, sonriendo de manera provocadora.

Cam llevaba toda la tarde rumiando acerca de si había hecho lo correcto al hacer el amor con Violet. ¿A quién engañaba? No podía quitárselo de la cabeza.

Estaba bien dejarse llevar por las hormonas, pero no era un adolescente que no conocía la palabra «autocontrol». Era un hombre adulto y no había sido capaz de apartarse a tiempo.

¿Se había equivocado?

Su cuerpo decía: «Sí».

Su cabeza decía: «Sí».

Violet no era como otras amantes que había tenido. Ella había formado parte de su vida desde hacía muchos años. Él la había visto crecer desde que era una tímida adolescente hasta que se convirtió en una bella mujer. Seguía siendo tímida, pero algo había cambiado cuando hicieron el amor. Compartir esa experiencia con ella, ser el que la guiara durante su primera experiencia placentera con un hombre había sido especial. Más que especial. Un privilegio que nunca olvidaría. La confianza que ella tenía en él lo hacía sentir más hombre de lo que se había sentido nunca.

Pero...

¿Cómo podía darle lo que ella deseaba cuando era lo contrario de lo que él quería? Violet pertenecía a una familia donde el matrimonio era una tradición. Algo que se valoraba y en lo que se creía. Ella deseaba participar en un cuento de hadas como el que habían tenido sus padres y sus hermanos.

No era que Cam estuviera seguro de que el matrimonio era algo que nunca funcionaba bien. Podía funcionar, y Margie y Gavin Drummond lo habían demostrado. Sin embargo, los padres de Cam le habían ofrecido la otra perspectiva. Las peleas constantes, los chantajes, las aventuras extramatrimoniales y los divorcios, por no mencionar los años durante los que ni siquiera se podía mencionar el nombre de la otra persona.

Aunque Cam no se consideraba el tipo de persona que podría romper un compromiso tan importante como el matrimonio, ¿cómo podía estar seguro de que la vida no le presentaría algo que pusiera en peligro los valores que él mantenía?

Y aunque estuviera seguro de que mantendría su compromiso, ¿cómo podría estar seguro de que Violet seguiría sintiendo lo mismo por él al cabo de unas semanas, o después de unos años? Haber visto cómo sus padres se divorciaban cuando él era un niño había provocado que no tuviera prisa en llegar al altar.

Hasta ese momento nunca había tenido motivos para cuestionar su decisión. Siempre le había parecido la manera más segura de manejar las relaciones, siendo sincero acerca de lo que podía ofrecer y de lo que no. Sí, algunas de sus amantes se habían decepcionado al oír que no habría promesas de futuro, pero, al menos, no las había engañado.

No obstante, acostarse con Violet había cambiado las cosas. Y él había cambiado. Se había vuelto más consciente de lo que se perdería en lugar de lo que estaba evitando. Cosas como entrar en una fiesta agarrado de su mano. O saber que la sonrisa que ella había puesto era para él, y no para otra persona.

Cam reconocía la mirada secreta de Violet, la que le indicaba que ella recordaba cada segundo de su encuentro sexual y que no podía esperar a hacer el amor con él otra vez. Y cuando ella se acercaba, su cuerpo reaccionaba al instante. Estaban tan en sintonía que Cam era capaz de detectar su presencia, aunque estuvieran a metros de distancia.

¿Se había sentido así con alguna otra mujer? No. Nunca. Lo que no quería decir que no fuera a sentirse así con otra persona que no fuera Violet. Al imaginarse haciendo el amor con otra mujer, se puso tenso. No podía imaginarlo. No se le ocurría ninguna mujer que lo excitara tanto como ella.

«Se pasará. Siempre se pasa».

El deseo terminaba por desaparecer. A veces poco a poco, otras en tan solo una noche.

No obstante, cuando miraba a Violet no podía imaginar que el deseo que sentía por ella pudiera apagarse. Porque no solo era deseo físico. Tenía otra cualidad, una que no había experimentado jamás. Hacerle el amor había sido como un acto de veneración hacia ella, no una mera relación sexual. El hecho de que ella hubiera confiado en él lo suficiente como para expresarse sexualmente, había sido un gran cumplido, y había provocado que se excitara de un modo diferente.

Entonces, ¿cómo iba a explicarle a la familia de Violet que habían roto su compromiso? ¿Cómo volverían a ser solo amigos? ¿Cómo podría mirarla y no recordar el sabor de su boca la primera vez que la besó? ¿O cómo su lengua jugueteaba con la suya hasta que él estaba tan tenso que pensaba que iba a explotar? ¿Cómo podría estar en la misma habitación que ella sin desear abrazarla y sentir su cuerpo contra el suyo?

Quizá estaba loco. Quizá ese era el problema. Hacer el amor con ella había sido la mayor locura que había hecho en mucho tiempo.

Sin embargo, deseaba hacerle el amor otra vez. Y no parar.

Violet regresaba del aseo cuando se acercaron a ella tres de sus compañeras de trabajo, incluyendo a Lorna.

–Enhorabuena, Violet –dijo Lorna, mirando su

anillo de compromiso–. Madre mía, tu chico sí que ha sido rápido. No estarás embarazada, ¿verdad?

Violet deseó no ser propensa a sonrojarse. ¿Era posible que Lorna se hubiera dado cuenta de que el compromiso no era real? Después de todo, Violet no le había mencionado que estaba saliendo con alguien, claro que en el trabajo tampoco hablaba mucho de su vida privada. Además, las conversaciones que mantenían en la oficina mostraban lo aburrida que era su vida comparada con la de las demás.

–No, todavía no, pero lo tenemos en la lista de cosas pendientes.

–¿Cuándo es el gran día? –preguntó Lorna con una sonrisa.

–Mmm... Todavía no tenemos fecha –dijo Violet–. En algún momento del año que viene.

«Ojalá», pensó Violet.

–¿Y cómo te ha hecho la proposición?

Violet deseaba haber hablado de todo eso con Cam. No habían concretado ningún detalle acerca de la historia, excepto que se habían conocido a través del hermano mayor de Violet. ¿Cómo le habría hecho una proposición de matrimonio si todo hubiese sido verdad? No era el tipo de hombre que se arrodillaría delante de todo un estadio. Ese era el tipo de cosas que haría el padre de Cam. Su hijo elegiría algo tranquilo y romántico, le diría que la amaba y que quería pasar el resto de su vida con ella. A Violet se le encogió el corazón. «Si fuera verdad».

–Fue muy romántico y...

–Ah, aquí está el Príncipe Azul –dijo Lorna, cuando

Cam se acercó–. Violet me estaba contando cómo le hiciste la proposición.

Cam no dejó de sonreír, pero Violet lo conocía muy bien como para darse cuenta de que trataba de disimular la tensión. Él rodeó a Violet por la cintura y la estrechó contra su cuerpo.

–¿Ah, sí, cariño?

–Sí, le estaba contando que fue muy romántico... Con todas esas rosas...

–¿De qué color eran? –preguntó Lorna.

–Blancas –dijo Violet.

–Rojas –dijo Cam al mismo tiempo.

Lorna arqueó las cejas. Después sonrió y le guiñó el ojo a Cam.

–Tienes buen gusto. Violet ha tenido suerte de dar con un hombre que sabe elegir un diamante.

–Se merece lo mejor –dijo Cam.

–Sí, ha esperado mucho tiempo –dijo Lorna, antes de despedirse y volver a la fiesta.

Violet suspiró.

–Sé que sospecha algo. Deberíamos haber hablado sobre la proposición –se giró de espaldas a la fiesta–. Me siento idiota. Y para que lo sepas, odio las rosas rojas.

–Tomo nota.

Violet miró a Cam, pero su expresión era indescifrable.

–¿Y cómo harías una proposición si tuvieras que hacerla?

Él frunció el ceño.

–¿Es una pregunta con truco?

–No, hablo en serio –dijo Violet–. Sé que es improbable, pero si tuvieras que pedirle a alguien que se casara contigo, ¿cómo lo harías?

Cam miró a su alrededor.

–¿Es el lugar adecuado para hablar de esto?

Violet no quería arriesgarse a que otra compañera le pidiera los detalles de su compromiso. Miró a su alrededor y dijo:

–Aquí nadie nos oye. Vamos, dime, ¿qué harías?

–Me aseguraría de saber lo que le gustaría a la chica.

–¿Como el color de las rosas?

–¿Qué tienes en contra de las rosas rojas?

–No lo sé... supongo que son muy llamativas.

–Bien, entonces me aseguraré de que estemos solos porque no me gusta que una mujer sufra la presión del público.

–¿Igual que hizo tu padre con su esposa número tres?

–Y con la número dos.

–¿No habría cámaras ni reporteros?

–Por supuesto que no.

Violet miró hacia la multitud.

–Creo que deberíamos ir a socializar...

–¿Cómo es la proposición de tus sueños? –preguntó Cam.

Ella lo miró, pero nada sugería que se lo preguntara por otra cosa aparte de por mero interés.

–Sé que te parecerá una tontería y algo muy sentimental, pero siempre he soñado con que me hicieran la proposición en Drummond Brae. Desde que era una niña sueño con estar junto a la cabaña del bosque, viendo la casa en la distancia, y con mi pareja arrodillada delante de mí, tal y como hizo mi padre con mi madre, y mi abuelo con mi abuela.

–Tu novio tendrá que haber estudiado meteorología para saber cuándo será el mejor momento de hacerlo –Cam habló muy serio–. No debe de ser muy romántico que te hagan una proposición bajo la nieve.

Violet sonrió.

–Si estuviera enamorada, creo que no me daría ni cuenta.

Media hora más tarde, Violet volvió junto a Cam después de escuchar una aburrida anécdota de una de sus compañeras que había tomado demasiadas copas. Cam la miró con el ceño fruncido.

–¿Estás bien? –dijo ella, tocándolo en el brazo.

Él pestañeó como si lo hubiera asustado, y luego sonrió.

–Claro –la rodeó por la cintura y la atrajo hacia sí–. ¿Te he dicho que eres la mujer más bella de la sala?

Violet se sonrojó. ¿Hablaba en serio, o lo hacía por si alguien lo estaba escuchando? Violet se sentía bella cuando estaba con él. ¿Cómo no iba a hacerlo cuando la miraba de esa manera? Era como si recordara cada momento de cuando hicieron el amor. El brillo de sus ojos indicaba que no podía esperar a hacérselo otra vez.

–¿No te sientes un poco incómodo?

–¿En qué sentido?

Ella miró a su alrededor y dijo:

–Ya sabes... Fingiendo. Y teniendo que mentir todo el rato.

Él le agarró la mano izquierda y se la besó.

–No tengo que fingir que te deseo. Es cierto. Te deseo, y mucho. ¿Cuánto tiempo tenemos que quedarnos?

–No mucho más. ¿Cinco? ¿Diez minutos?

Él la besó en la frente.

–Voy a pedir agua. ¿Quieres?

–Sí, por favor.

–Eh, Violet –Kenneth, del departamento financiero, la agarró por el hombro–. Ven a bailar conmigo.

Violet puso una mueca. Todas las Navidades le pasaba lo mimo con Kenneth. Él siempre bebía demasiado y la sacaba a bailar. Y aunque Violet no quería darle falsas esperanzas, sabía que la Navidad era un momento difícil para él. Su esposa lo había dejado hacía unos años, poco antes de Navidad, y él no había superado el divorcio. Violet se volvió y se liberó de su mano.

–Hoy no, gracias. Estoy con mi... prometido.

Kenneth la miró tambaleándose.

–Sí, ya lo he oído. Enhorabuena y todo eso. ¿Cuándo es el gran día?

–Todavía no hemos puesto fecha.

Él le agarró la mano izquierda y se la levantó hacia la luz.

–Muy bonito. Ha debido de costarle una fortuna.

A Violet no le gustaba sentir la mano de Kenneth encima, pero tampoco quería montar un numerito. La empresa tenía una normativa muy firme sobre el acoso sexual y ella sabía que, si Kenneth estuviera sereno, se arrepentiría de lo que estaba haciendo.

–Por favor, suéltame.

Él se inclinó hacia delante.

—¿Qué tal si me das un beso de Navidad?

—¿Y qué tal si dejas tranquila a mi prometida? —dijo Cam con tono helador.

Kenneth se volvió y, al ver que se tambaleaba, se agarró al árbol de Navidad que tenía detrás. Violet observó horrorizada cómo se caía el árbol y el ángel golpeaba contra el suelo rompiéndose en pedazos.

De pronto, la habitación quedó en silencio.

Entonces, Kenneth se arrodilló y agarró los pedazos del ángel para sujetarlos contra su pecho. Comenzó a llorar en silencio.

Violet se agachó a su lado y colocó la mano sobre su hombro.

—Está bien, Kenneth. A nadie le importa ese árbol. ¿Quieres que te llevemos a casa?

Para su sorpresa, Cam se agachó también y colocó la mano sobre el otro hombro de Kenneth.

—Eh, vamos, te llevaremos a casa.

A Kenneth le rodaban las lágrimas por las mejillas y le temblaban las manos.

—Va a tener un bebé... Mi ex, Jane, va a tener el bebé que se suponía que íbamos a tener nosotros...

A Violet le costó contener las lágrimas. Debía de ser muy duro para Kenneth enterarse de que su exesposa continuaba con su vida cuando él todavía no había dejado de quererla. Miró a Cam y abrazó a Kenneth un momento. Ni siquiera se molestó en buscar unas palabras de consuelo. ¿Qué podía decirle para ayudarlo a recuperarse? Era evidente que el hombre no había superado el divorcio. Se sentía solo y estaba muy triste, y estar en una fiesta donde todo el mundo iba en pareja había provocado que su herida se abriera de nuevo.

Al cabo de un rato comenzó la música otra vez y la gente siguió con la fiesta. Cam ayudó a Kenneth a ponerse en pie mientras otras personas colocaban el árbol en su sitio.

Violet recogió los abrigos y siguió a Cam y a Kenneth hasta el recibidor del hotel. Esperó con él a que Cam acercara el coche a la puerta y al cabo de unos minutos estaban de camino a la dirección que Kenneth les dijo.

Vivía en una casa bonita en Kensington, parecida a la de Cam, pero Violet no podía evitar pensar lo doloroso que debía de resultarle a Kenneth regresar a la casa donde había hecho planes de vida con su esposa.

Cuando se aseguraron de que Kenneth estaba acomodado en la casa, Cam guio a Violet hasta el coche.

—Qué triste.

—Lo sé...

—Había fotos de su ex por todos sitios. ¿Lo has visto? –preguntó Cam–. Ese lugar es como un altar. Tiene que encontrar la manera de seguir adelante.

—Lo sé, pero la Navidad debe de ser muy dura para él.

Cam le apretó la mano.

—Siento haber sido un idiota con lo de que no te tocara.

—No pasa nada. No lo sabías –suspiró ella–. Debe de ser muy duro ver que todo el mundo lo está pasando bien mientras él regresa a una casa vacía.

–¿Tiene más familia? ¿Padres? ¿Hermanos?

–No lo sé... Y aunque la tuviera, ¿estar con ella no le recordaría lo que ha perdido? Es duro ser el único que no tiene pareja –Violet lo sabía mejor que nadie.

Cam asintió.

–Sí, bueno, el divorcio es más duro para unos que para otros.

Violet lo miró.

–¿Tu madre lo pasó mal?

–Yo tenía seis años cuando se separaron. Una semana o dos después, mi padre se mudó a vivir con su nueva pareja. Una mañana me la encontré inconsciente en el sofá con un bote de pastillas y una botella de vino vacíos. Llamé a Emergencias y, por suerte, llegaron a tiempo para salvarla.

No era extraño que no quisiera comprometerse. Ver las consecuencias de una separación a tan corta edad debía de ser aterrador.

–Debiste de asustarte mucho. Eras un niño.

–Sí, me asusté. Cada vez que volvía al colegio interno después de las vacaciones me preocupaba mucho por ella. Entonces, comenzó a salir con otro hombre, más que nada para que mi padre se enterara, no tanto por amor. El objetivo era vengarse. Y así una tras otra vez.

–No me extraña que la palabra «matrimonio» te produzca sarpullido –dijo Violet.

–«Divorcio» es la palabra que más odio. Aunque uno nunca sabe si va a suceder o no. Nadie puede garantizar que su relación vaya a ser duradera.

Violet quería decirle que no estaba de acuerdo, pero en el fondo sabía que lo que él decía era verdad. No había ninguna garantía. La vida podía cambiar en un minuto y el amor podía desaparecer a causa del divorcio o la muerte. Solo porque uno estuviera enamorado no significaba que la otra persona fuera a mantener el compromiso. Ella conocía muchas mujeres y hombres que se habían quedado destrozados por el hecho de que sus parejas se marcharan, pero Violet creía en el amor y en el compromiso y cuando se enamorara haría todo lo posible por alimentar ese amor y mantenerlo.

«¿Cuando me enamore? ¿No me he enamorado todavía?».

Violet esperó a que avanzaran un poco y dijo:

–Cam, mañana tengo que hacer algo con mi casa. Debería haberlo hecho hoy, pero no tenía fuerzas para enfrentarme a ello. No puedo dejar que las chicas limpien ese desastre solas.

–¿Tienes que volver allí?

Violet lo miró.

–¿Qué quieres decir? Es donde vivo.

–Podrías vivir en otro sitio. En un lugar más seguro.

–Sí –suspiró Violet–. También en un lugar mucho más caro.

Se hizo un silencio que solo interrumpía el sonido del limpiaparabrisas.

–Puedes quedarte conmigo todo lo que necesites –dijo Cam–. Hasta que encuentres algo mejor. No hay prisa.

Violet se preguntaba qué había tras aquella invitación. ¿Estaba buscando la manera de alargar la relación más tiempo?

–Es una oferta muy generosa, pero ¿y si empiezas a salir con alguien cuando rompamos después de Navidad? Sería extraño.

–Todo acerca de esta situación es extraño.

–¿Te arrepientes de lo que ha sucedido esta mañana?

Cam la miró, le agarró la mano y la colocó sobre su muslo.

–No. Quizá debería, pero no.

–Yo tampoco me arrepiento.

Se miraron cundo él aparcó el coche.

–A tu familia le va a resultar doloroso cuando... terminemos con esto.

¿Por qué había dudado al decir aquello? ¿Quién lo terminaría? ¿Sería una decisión mutua o, de pronto, él anunciaría que había terminado?

–Sí, lo sé y me siento mal al pensarlo. Al menos no queda mucho. Cuando pase la Navidad les diremos que nos hemos equivocado o algo y recuperaremos la normalidad.

Él la miró un instante.

–¿Tú te quedarías bien así?

Violet puso una sonrisa tratando de parecer segura.

–Por supuesto. ¿Por qué no? Habíamos quedado en eso. Una aventura temporal para poder volver al mundo de las relaciones.

–Tienes que tener cuidado cuando salgas con chicos. No puedes salir con cualquiera. No es seguro, teniendo en cuenta la de canallas que hay. Y no tengas contactos por Internet. Algunos chicos mienten sobre su pasado. Pueden utilizar identidades falsas. Podrías terminar con alguien que tuviera antecedentes delictivos.

Violet se preguntaba si se lo advertía por preocupación o por celos. Quizá por las dos cosas.

—Hablas como si no quisieras que saliera con otra persona.

Cam hizo una pausa antes de contestar.

—Me preocupo por ti, Violet. Eso es todo. No quiero que te conviertas en una víctima más.

—Estoy segura de que me las arreglaré para conocer y enamorarme de un chico encantador, igual que han hecho mis hermanas —dijo Violet—. Es solo que me está llevando más tiempo que a ellas.

Cam abrió la puerta del coche y se acercó a la de ella.

—Perdona por el sermón —le dijo.

Violet sonrió y le dio una palmadita en la mano que tenía apoyada en la puerta.

—Puedes sermonearme, pero solo si permites que yo lo haga también. ¿Trato hecho?

Él se inclinó y la besó en la punta de la nariz.

—Trato hecho.

Capítulo 7

CAM DESPERTÓ y se encontró con que estaba solo en la cama. Se incorporó de golpe, sintiendo una fuerte presión en el pecho. ¿Dónde estaba Violet? Al quedarse dormido, la tenía abrazada entre sus brazos.

«Tranquilo. Seguro que ha ido al baño».

Se levantó de la cama y se enrolló una toalla en la cintura. Recorrió la casa y miró en todos los dormitorios y el baño del piso de arriba, pero no la encontró.

–¿Violet? –la llamó con nerviosismo. Era como si se le hubiera helado la sangre. Y su manera de reaccionar lo asustaba. ¿Estaba tan enamorado de ella que no podía perderla de vista? Era ridículo. Violet tenía derecho a moverse libremente por la casa. Quizá no podía dormirse con él a su lado. Después de todo, nunca había tenido una relación seria y había que acostumbrarse a compartir la cama con alguien.

–¿Violet?

¿Dónde podía estar? ¿Habría salido? Cam abrió las cortinas y vio que el jardín estaba vacío. Eran las tres de la mañana y hacía frío. ¿Habría regresado al apartamento? No. Ella no volvería allí sin compañía. Cam abrió la puerta del salón y después la del estudio.

Vacío.

—¿Me estás buscando? —Violet apareció como un fantasma en la puerta del estudio.

—¿Dónde estabas? —preguntó Cam, aliviado.

—Leyendo en el comedor.

—¿Leyendo?

Violet se humedeció los labios.

—Me costaba dormir. No quería molestarte. Parecía que estabas inquieto y no quería encender la luz.

Cam se pasó la mano por el cabello.

—Deberías haberme molestado si te estaba molestando. ¿Estaba roncando?

—No, no... Estabas inquieto, como si tuvieras una pesadilla o algo.

Cam había tenido una pesadilla y la recordaba perfectamente. Estaba solo en un castillo en ruinas. El puente levadizo estaba levantado y no podía salir. La soledad lo acechaba desde cada rincón. El vacío que sentía era lo que había visto en el rostro de Kenneth al dejarlo en su casa la noche anterior: la ausencia de esperanza, la presencia de la desesperación, la amargura del arrepentimiento.

Era un sueño, y no significaba nada. Era su mente inventando historias mientras su cuerpo descansaba. No significaba que tuviera miedo de terminar en un castillo, solo y rodeado de telarañas. No significaba que se arrepintiera de no querer casarse ni comprometerse. Significaba que trabajaba demasiado y que estaba muy cansado. Eso era.

—Siento haber interrumpido tu sueño. La próxima vez me das un codazo en las costillas, ¿de acuerdo?

Violet sonrió con timidez y él sintió que se le encogía el corazón.

–Es probable que fuera mi culpa, nunca había pasado la noche con nadie.

Cam la sujetó por las caderas y la atrajo hacia sí.

–A mí tampoco me gusta mucho dormir acompañado.

–Ah... –Violet lo miró preocupada–. Entonces, puedo dormir en otra habitación si...

–No –Cam acercó la boca a la de Violet–. Me gusta tenerte en mi cama.

«Más de lo que quiero admitir».

–A mí también me gusta dormir contigo.

Cam la besó y, cuando ella abrió la boca para recibirlo, el deseo se apoderó de él. Al sentir que ella le acariciaba el labio inferior con la lengua, fue incapaz de mantener el control. Le acarició el cabello y le sujetó el rostro para besarla de forma apasionada. Ella gimió y él se estremeció.

Violet abrazó a Cam, presionando sus pechos contra su torso. Él sabía que estaba desnuda bajo el albornoz y se volvió loco de deseo. Le desabrochó el cinturón y, sin dejar de besarla, le quitó el albornoz y lo dejó caer al suelo. Le acarició los senos y después se los cubrió con la boca, mordisqueándole los pezones con delicadeza. Olía a flores y a sexo, y él no conseguía saciarse.

La besó de nuevo en la boca, sujetándola por las caderas para que ella notara qué era lo que provocaba en su cuerpo. El deseo invadía su cuerpo y desplazaba cualquier otro pensamiento.

Debería haberla llevado al piso de arriba, pero la deseaba tanto que no podía esperar.

Quería poseerla allí mismo, en el suelo. Sobre el escritorio. En el sofá. En cualquier sitio.

—Te deseo. Ahora.

A Violet le brillaron los ojos con fuerza. No dijo nada, pero le acarició el torso y el vientre. Le retiró la toalla de la cintura y le sujetó el miembro. Sus caricias hicieron que Cam estuviera a punto de perder el control. Debía evitarlo. Le retiró la mano y tumbó a Violet en el suelo. La besó desde los senos hasta el vientre, entreteniéndose después sobre su pubis y provocando que anticipara lo que llegaría después. Ella se retorció y gimió cuando él reclamó su premio, y cuando comenzó a juguetear con la lengua, ella arqueó el cuerpo una y otra vez. Sus gemidos de placer provocaron que la deseara todavía más. Se mostraba tan apasionada y tan natural, que él se preguntaba si sería capaz de expresarse tan libremente con cualquier otro hombre.

«Otro hombre».

Cam trató de no pensar en ello, pero era imposible. Era horrible pensar en Violet con otro hombre. Alguien que quizá no apreciara su sensibilidad y su timidez. Alguien que quizá la presionara para que hiciera cosas con las que se sentía incómoda. Alguien que no la protegería en todo momento, ni en todos los lugares.

«Eso lo piensa un hombre que no tiene un preservativo a mano».

Violet se percató de que Cam estaba inquieto y se incorporó sobre un codo para mirarlo.

—¿Ocurre algo? ¿He hecho algo mal?

Cam la agarró de la mano y la ayudó a ponerse en pie.

–No eres tú, cariño. Soy yo –le entregó el albornoz y se colocó la toalla en la cintura–. No tengo preservativos aquí.

–Ah...

–Al contrario que otros hombres, no los tengo estratégicamente colocados en cada habitación de la casa.

Ella sonrió.

–Es agradable saberlo...

–Soy muy selectivo a la hora de elegir compañera –solo elegía mujeres con las que estaba seguro de que no se podría enamorar, mujeres divertidas que no querían relaciones serias. Mujeres que no lo miraban con unos grandes ojos marrones, tratando de fingir que no sentían lo que evidentemente sentían.

¿Cómo iba a terminar con aquello?

¿Y quería terminarlo?

Cam jugueteó con la idea de alargar su aventura. ¿Y cuánto tiempo sería el adecuado? Todavía le quedaba la tarea de enfrentarse a la familia de Violet y decirles que el final feliz que todos esperaban no iba a suceder.

Eso no era todo. ¿Qué pasaba con los sentimientos de Violet? Daba igual lo que ella dijera acerca de que solo buscaba una aventura, él la conocía bien como para saber que lo decía para complacerlo. ¿Era justo continuar con aquello sabiendo que ella se estaba enamorando de él? Cam también tenía problemas para controlar sus sentimientos.

Cuanto más larga fuera aquella aventura, más difícil resultaría terminarla. Él lo sabía y, sin embargo, no se sentía capaz de hacerlo. No hasta después de Navidad. El abuelo Archie merecía que se cumpliera su último deseo.

Violet intentó atarse el albornoz en la cintura.

—Imagino que eliges compañeras con las que no corras el peligro de enamorarte.

—Resulta más fácil así —quizá por eso nunca se había sentido completamente satisfecho después de un encuentro, aunque el sexo fuera bueno. Había algo que siempre le parecía inestable. Como si caminara llevando un solo zapato. Nunca había permitido que una relación durara bastante tiempo. Un par de meses como mucho. Eso hacía que pareciera un mujeriego, pero era el precio que debía pagar para mantener su libertad.

Violet forzó una sonrisa.

—Qué suerte tengo.

Cam frunció el ceño.

—Eh, no te he elegido por ese motivo. Tú eres diferente, y lo sabes.

—No tan diferente como para que te enamores de mí.

—Violet...

Ella levantó la mano.

—Está bien, no necesito un sermón.

Cam la agarró por los hombros.

—¿Estás diciendo que estás enamorada de mí? ¿Es eso?

Violet intentó evitar su mirada.

—No, no es eso.

Cam la sujetó por la barbilla para que lo mirara.

—Esto es todo lo que puedo darte. Has de aceptarlo, Violet. Incluso si continuamos nuestra relación después de Navidad, seguiría siendo lo mismo. No voy a casarme contigo, ni con nadie.

Ella suspiró.

–Lo sé. Soy tonta. Lo siento.

Cam le sujetó la cabeza para apoyársela contra su torso y le acarició el cabello.

–No eres tonta. Eres normal. El que tiene problemas con los compromisos soy yo, no tú.

Violet lo rodeó por la cintura.

–¿Podemos volver a la cama?

Cam la tomó en brazos.

–¡Qué buena idea!

Violet había quedado con Cam en que el domingo por la tarde irían a su apartamento para ayudar a Stef y a Amy con la limpieza. No obstante, Amy llamó mientras Violet preparaba el desayuno y Cam revisaba el correo electrónico.

–No te lo vas a creer –dijo Amy–. Anoche, el señor Yates, del apartamento veinticinco, provocó un incendio mientras fumaba en la cama...

–¿Se encuentra bien? –preguntó Violet.

–Solo inhaló un poco de humo, pero nuestro apartamento está inhabitable por culpa de los daños causados por el agua –dijo Amy–. La casera está furiosa y el pobre señor Yates no quiere ni verla.

–¿Y qué vamos a hacer? –preguntó Violet–. ¿Se supone que tenemos que limpiarlo nosotras, o irá un servicio de limpieza profesional?

–Irá el servicio de limpiezas –dijo Amy–. Yo no voy a entrar hasta que el edificio sea seguro. El techo podría caerse o algo. Stef se va a ir a vivir con su madre y yo voy a irme con Heath. Llevamos años pensando en irnos a vivir juntas y parece que es el momento. ¿Y tú? ¿Te quedarás a vivir con Cam ahora que estáis oficialmente comprometidos?

–Yo... Sí, eso es lo que haré –dijo Violet. ¿Qué más podía decir? ¿No, Cam no quiere vivir con nadie?

Cam entró en ese momento y sonrió. Siempre la hacía estremecer cuando la miraba así. Al pasar junto a ella para sacar una taza del armario, le acarició la espalda. Era una leve caricia, pero su cuerpo reaccionó de manera intensa y hasta le flaquearon las piernas.

Violet se despidió de Amy y dejó el teléfono en el banco.

–Tengo un pequeño problema...

–¿Qué ocurre?

Ella le contó lo del fuego y lo del agua.

–Así que tengo que buscar otro sitio donde vivir.

Cam sacó una bolsita de té de una caja que había en la despensa.

–El otro día te dije que podías quedarte el tiempo que necesites.

–Sí, pero...

–Está bien, Violet. En serio.

–No, no está bien –dijo Violet–. Un par de semanas está bien, pero si pasa más tiempo se complicarán mucho las cosas.

–¿Y si te ayudo a buscar un sitio?

–No tienes que hacerlo.

–Me gustaría –dijo él–. Así podría comprobar si el lugar es seguro.

Violet sonrió agradecida.

–Sería estupendo, gracias –esperó un segundo antes de añadir–: ¿Qué ha pasado con el contrato de Nicolaides? ¿Ya está asegurado?

–Todavía no –Cam sacó uno de los taburetes del bar–. Tengo que terminar algunos planos. Sophia no hace más que cambiar el diseño. Sospecho que quiere retrasar el proceso.

–¿Te ha enviado más mensajes de texto?

–Un par más.

Violet se puso celosa.

–¿Cuándo va a captar el mensaje? ¿Qué le pasa?

Él se encogió de hombros.

–Algunas mujeres no conocen el significado de la palabra no.

Violet también tendría que aprenderlo rápidamente.

–Me parece muy desagradable que el deseo que siente por ti sea tan evidente, y más cuando su marido está presente. ¿Él por qué lo aguanta?

–Tiene miedo de perderla. Ella es veinte años más joven que él. Y aporta mucho dinero a la relación. Su padre le dejó su imperio en herencia. Vale mucho dinero.

–A mí no me importaría el dinero que tuviera una persona. Si no pudiera confiar en ella, le diría: «Adiós, muy buenas. Que te vaya bien».

Él le acarició la mejilla.

–Si crees que Sophia es mala, espera a conocer a la novia de mi padre.

Violet frunció el ceño.

–¿Quieres que la conozca?

–Mi padre nos ha invitado a una copa el miércoles por la noche –dijo Cam–. Si prefieres no ir, entonces...

–No, está bien. Por supuesto que iré. Tú fuiste a la fiesta de mi oficina, así que lo menos que puedo hacer es acompañarte a tomar una copa con tu padre.

Ross, el padre de Cam, los había citado en un hotel del centro de Londres. Violet no había conocido antes a Ross McKinnon, pero había visto fotos suyas en el periódico. No era tan alto como Cam y tenía el pelo cano. Y sus ojos tenían el mismo color azul oscuro que los de Cam. Eso sí, sin el brillo saludable de los de su hijo. Además, tenían la tendencia de posarse con demasiada frecuencia sobre los senos de Violet.

–Así que tú eres la chica que ha robado el corazón de mi hijo –dijo Ross–. Enhorabuena y bienvenida a la familia.

–Gracias –dijo Violet.

Ross le dio un empujoncito a su novia hacia delante.

–Esta es Tatiana, mi esposa a partir del fin de semana que viene. Deberíamos haber celebrado una boda doble, ¿no, Cameron?

Cam lo miró como si tuviera un fuerte dolor de estómago.

–No me gustaría robarte el protagonismo.

Violet estrechó la mano de la mujer y sonrió.

–Encantada de conocerte.

Tatiana sonrió como advirtiéndole que mantuviera la distancia.

–Igualmente.

Cam hacía todo lo posible por ser educado, pero Violet notaba que se sentía incómodo con su padre y su nueva pareja. Ross dominaba la conversación y Tatiana intervenía de vez en cuando, ofreciéndole varias muestras de afecto que hacían que Violet se sintiera como si estuviera en el rodaje de una película porno. Y era evidente que no era la única, porque había varias personas mirando desde la barra.

Ross no mostraba interés alguno por la vida de Cam. A Violet le sorprendía que su padre pudiera estar con su hijo durante una hora y media y que no le preguntara ni una sola vez acerca del trabajo o de su vida privada. Le daba pena que Cam hubiera tenido un padre tan egoísta que actuara como un adolescente narcisista en lugar de como un adulto.

Violet se sintió aliviada cuando Cam se puso en pie y dijo que tenían que marcharse.

–Si no os hemos contado lo que tenemos planeado para nuestra luna de miel –dijo Ross.

–¿No se supone que eso da mala suerte? –dijo Cam.

Ross se sonrojó.

–No puedes evitarlo, ¿verdad? Tatiana es la definitiva. Lo sé.

–Me alegro –dijo Cam con cierto cinismo.

Violet se preguntaba cuántas veces habría oído a su padre decir lo mismo. Ross era el tipo de hombre que trataba a las mujeres como trofeos y las abandonaba cuando ya no le servían para agrandar su ego.

Violet le ofreció la mano a Ross y a Tatiana.

–Ha sido un placer conoceros. Espero que la boda sea un éxito.

Ross frunció el ceño.

—¿No vas a asistir con Cameron?

Violet se percató de su error y dijo:

—Sí, por supuesto, si es lo que os apetece.

—Ahora eres parte de nuestra familia —dijo Ross—. Estaremos encantados de compartir contigo nuestro día especial, ¿verdad, cariño?

Tatiana sonrió con frialdad.

—Y por supuesto, tiraré el ramo en tu dirección.

—Sería estupendo —contestó Violet con una sonrisa forzada.

Cam la agarró de la mano y la guio fuera del hotel.

—Te lo advertí.

—¿Cómo diablos los soportas? —dijo Violet—. Es un egocéntrico. No te ha preguntado ni una sola cosa sobre tu trabajo o sobre tu vida. Todo gira a su alrededor. Lo maravilloso que es, y el éxito que ha conseguido. Y Tatiana es tan joven que podría ser su hija. ¿Qué diablos verá en él?

—Él le ha pagado la operación de pecho.

Violet puso una mueca antes de añadir:

—Siento haber metido la pata con lo de la boda. ¿Crees que sospechan algo?

—Probablemente, no —dijo Cam—. Están demasiado centrados en sí mismos.

—Pobrecito tú —dijo Violet.

Él sonrió.

—¿Quieres que comamos algo antes de ir a casa?

«Ir a casa...». Eso sonaba como algo permanente y muy acogedor.

–Claro. ¿Dónde has pensado?

–Algún sitio en el otro lado de la ciudad para que no exista la posibilidad de que nos encontremos a mi padre y a Tatiana.

–Prometo que nunca más voy a quejarme de mi familia.

–La familia perfecta no existe –dijo él–. Aunque he de admitir que la tuya se acerca bastante.

Violet adoraba a su familia. La querían y siempre la apoyaban, pero la presión de vivir según las expectativas que sus padres tenían para ella siempre había hecho que sintiera que no era lo bastante buena, y que nunca sería capaz de encontrar el amor. Ese era uno de los motivos por los que nunca le había contado a su madre, ni a sus hermanas, lo que había sucedido en la fiesta. Aunque sabía que la habrían apoyado, le preocupaba que la vieran de manera diferente... como si estuviera lastimada de algún modo.

–Lo sé, pero es difícil estar a su altura, ¿lo sabes? ¿Qué pasa si no encuentro a alguien perfecto, como lo es mi padre para mi madre? Son un gran equipo. No quiero conformarme con menos, pero me preocupa no encontrarlo. Quiero tener hijos. Eso me hace tener más presión. Vosotros podéis tener hijos hasta los noventa. Es diferente para una mujer.

–Si tiene que pasar, pasará –dijo él–. Esas cosas no pueden forzarse.

–Para ti es fácil decirlo. Tienes una lista de mujeres dispuestas a cazarte.

Cam le apretó la mano.

–En estos momentos, solo me interesa una mujer.

«En estos momentos».

¿Cómo iba a olvidarse de que su relación era temporal? Lo tenía presente en todo momento. Cada día que pasaba quedaba un día menos para que volvieran a ser solo amigos. Amigos sin derecho a roce. Sería una tortura estar cerca de Cam sin ser capaz de tocarlo, besarlo, o abrazarlo para sentir su cuerpo contra el de ella. Sería una tortura verlo con otras mujeres, y saber que disfrutaban del placer de estar entre sus brazos.

–¿Y si ella nunca encontraba a alguien tan perfecto como Cam? ¿Y si terminaba sola y tenía que conformarse con ser tía o madrina, en lugar de la madre que deseaba ser? Llevaba bordando ropa de bebé desde que era adolescente. Se la hacía a sus hermanas y a Zoe, la esposa de su hermano, cada vez que se quedaban embarazadas, pero también tenía su bolsa de ropita preparada para ella. Y cada vez que miraba los baberos y las rebecas sentía nostalgia. Y no solo era porque deseara tener un bebé. Deseaba tener un bebé con Cam. No se le ocurría otra cosa que deseara más. Quería estar con él, y no solo para Navidad, sino para siempre.

Después de cenar caminaron de la mano por las calles de Londres. A Violet siempre le había encantado la Navidad en aquella ciudad, pero estar junto a Cam hacía que las luces parecieran más brillantes y los colores más vivos. Cuando pasaron junto a la pista de hielo de Somerset House, Cam se detuvo y miró a Violet.

–¿Te apetece patinar un rato para bajar la cena?

Violet miró la pista iluminada y el precioso árbol de Navidad que había en una esquina. Había patinado en un par de ocasiones con Amy y Stef, pero se había sentido incómoda porque ellas habían ido con sus novios. Los chicos le habían ofrecido acompañarla a ella también, pero Violet se había sentido tan incómoda que había dicho que le dolía un tobillo.

–No se me da muy bien –dijo ella–. Y no llevo la ropa adecuada.

–Excusas, excusas –dijo Cam–. No tardaremos mucho en ir a casa a cambiarnos de ropa.

Al poco rato estaban de vuelta en la pista vestidos con pantalones vaqueros, guantes y gorro. Violet se sentía como un potrillo con zancos hasta que Cam la agarró de la mano y la acompañó hasta que se sintió más segura. Parecía que él llevara toda la vida patinando.

–Lo estás haciendo muy bien –dijo él, rodeándola por la cintura–. Vamos a hacer el circuito completo. ¿Preparada?

Violet se agarró a él y se dejó llevar. Cuando se sintió segura, le soltó la mano e hizo una pirueta delante de él.

–¿Qué te había dicho? Eres muy natural –le dijo Cam con una sonrisa.

–Solo contigo –«y no solo patinando». ¿Cómo podría hacer el amor con otra persona y sentir el mismo placer? Parecía imposible. No era posible porque nunca podría sentir lo mismo por otra persona.

Cuando devolvieron los patines, caminaron hasta el London Eye, donde Cam pagó para que pudieran ver las luces de Navidad de la ciudad. Violet había subido un par de veces en la noria, pero era mucho más especial hacerlo con Cam. La ciudad estaba llena de luces y los viajeros exclamaban de emoción al verlas.

Violet se volvió para sonreír a Cam.

–Es impresionante, ¿verdad? Hace que me emocione la Navidad, cuando normalmente temo que llegue.

–¿Y por qué la temes? Pensaba que te encantaba pasar la Navidad con tu familia.

–Me encanta... Es solo que siempre soy la única que no tiene pareja. Aparte de mi abuelo, claro.

Cam le acarició la espalda.

–Este año no irás sin pareja.

«¿Y el año que viene?». Violet apretó los labios para no preguntárselo en voz alta. Cuando terminara la Navidad su relación terminaría también.

–Nadie sabe lo que nos traerá el año que viene –comentó Cam, como si hubiera leído sus pensamientos–. Igual para entonces estás casada y te has quedado embarazada.

«Me encantaría, pero solo si fuera contigo».

–No me lo imagino –Violet esperó un instante antes de añadir–: ¿Vendrías a mi boda si fuera a casarme?

Cam se puso serio, como si sintiera un fuerte dolor en el corazón.

–¿Me invitarías? –dijo en tono casi de broma, pero Violet sabía que estaba tenso.

–Por supuesto –dijo Violet–. Eres parte de la familia. No sería una boda de la familia Drummond si tú no estuvieras allí.

–Mientras no me pidas que sea el padrino –dijo

él–. Mi padre me ha pedido que sea el suyo y ya van cuatro veces seguidas.

–A estas alturas debes de ser un experto en discursos.

–Sí, bueno, espero que esta sea la última vez, pero lo dudo.

Violet pensó en sus padres y en cómo se habían querido desde el principio. Cada diez años renovaban sus votos y regresaban a la misma casa de la isla de Skye, donde pasaban la luna de miel cada aniversario. ¿Cómo había encajado Cam el concepto que su padre tenía del matrimonio? Y qué vergüenza debía de pasar Cam teniendo que asistir a otra boda, sabiendo que probablemente terminaría en divorcio.

–Quizá esta vez sea diferente –dijo ella–. A lo mejor esta vez tu padre está enamorado de verdad.

Cam puso una expresión cínica.

–Él no sabe lo que significa esa palabra.

Capítulo 8

AL DÍA siguiente, Cam regresó del trabajo con la noticia de que por fin había firmado el contrato con Nick Nicolaides.

—Salgamos a celebrarlo —se agachó y besó a Violet en la boca—. ¿Qué tal tu día?

Violet lo rodeó por el cuello.

—Mi día ha ido bien. Debes de estar muy aliviado. ¿Estaba Sophia en la reunión?

—Sí, pero estaba muy tranquila —dijo él—. Creo que no debía de sentirse bien o algo. Ha salido un par de veces de la sala y luego volvía muy pálida. Es probable que hubiera bebido mucho la noche anterior.

Violet frunció el ceño.

—¿Podría estar embarazada?

Él se encogió de hombros.

—No lo sé. Aunque ahora que lo dices, Nick parecía muy contento. Yo pensé que era porque por fin firmábamos el contrato.

—Quizá el embarazo la ayude a estabilizarse con Nick y deje de mirar a otros hombres —dijo Violet.

Cam se alejó una pizca para quitarse el abrigo.

—Un niño *tirita* nunca fue una buena idea.

Violet sabía que él estaba resentido con sus padres y con la manera en la que había llegado al mundo. ¿Se sentía culpable por cómo habían salido las cosas? ¿Cómo podía pensar que él tenía la culpa? Sus padres eran personas egoístas que huían de los problemas cuando se complicaban las cosas. Pasaban de una relación a otra, provocando daños colaterales a su paso. ¿Cuántas vidas habrían estropeado hasta entonces? Y parecía que pasaría lo mismo después de que Ross McKinnon se casara. No era de extrañar que Cam no quisiera tener un matrimonio como el de sus padres.

—Es cierto —dijo ella—, pero los bebés no piden nacer y cuando lo hacen merecen que los quieran y los cuiden de manera incondicional.

Cam frunció el ceño.

—No hemos hablado de esto antes, pero ¿estás tomando algún anticonceptivo oral?

Violet se sonrojó. Era algo que había pensado hacer, pero nunca había llegado a pedir cita con el médico. No tenía mucho sentido porque no estaba saliendo con nadie. No obstante, había llegado el momento de evitar quedarse embarazada. Lo último que Cam querría era un bebé que complicara las cosas, aunque a ella no se le ocurría nada más maravilloso que quedarse embarazada de su hijo.

—No tomo nada, pero seguro que no habrá problema.

—Los preservativos no son cien por cien fiables —dijo él.

Violet se sintió intimidada por su mirada. ¿Por qué tenía que hacerla sentir como si estuviera intentando quedarse embarazada a propósito? Había cosas mucho peores que quedarse embarazada del hombre al que una ama. Por ejemplo, no conseguir quedarse embarazada. Nunca.

–No estoy embarazada, Cam. Así que tranquilo, ¿de acuerdo?

–Lo siento, pero esto es algo muy importante para mí. No quiero nada que me impida marcharme.

–Serías tú el que se marchara, no yo.

Él frunció el ceño.

–¿Eso es lo que piensas? ¿De veras? Entonces, te equivocas. Haría cualquier cosa por manteneros, a ti y al bebé.

–Excepto casarte conmigo –dijo ella.

–No en esas circunstancias. No sería justo para el niño.

Violet comenzó a doblar las toallas que había sacado de la secadora.

–Esta conversación no tiene sentido porque no estoy embarazada –«y no me casaría contigo si lo estuviera, porque no me quieres como quiero que me quieran».

–¿Cuándo estarás segura?

–El día de Navidad, más o menos.

Se hizo un silencio.

Cam agarró su chaqueta y se la colgó del hombro.

–Voy a darme una ducha –se detuvo un instante–. Por cierto, gracias por hacer la colada. No hacía falta. La asistenta volverá después de Navidad.

–Tenía que lavar algunas cosas mías, así que no pasa nada.

Él sonrió.

–Gracias. Eres un amor.

Violet disimuló un suspiro. «Pero no tu amor», pensó.

Cam no pudo apartar los ojos de Violet en toda la velada. Habían ido a uno de los sitios favoritos de Cam, un piano bar donde la música era tranquila. Ella llevaba un vestido verde esmeralda que hacía que resaltara su piel y su mirada, y la melena suelta por los hombros. Cam no podía esperar a llegar a casa y esconder su rostro en ella.

No obstante, había algo en la expresión de su rostro que indicaba que había tocado un tema delicado. Los bebés. Por supuesto, tenía que comentar lo de los anticonceptivos. Tenía la misma conversación con todas sus parejas. Era lo más responsable. Un bebé... él, había arruinado la vida de su madre. Le había cambiado el rumbo de su vida, sus planes profesionales, su felicidad... Todo. Algo que ella le recordaba cuando estaba deprimida después de haber roto otra relación.

Y Violet quería un bebé. ¿Por qué no iba a quererlo? Sus hermanas ya tenían hijos y ella era la única que quedaba soltera.

«No realmente...».

Cam agarró la copa y bebió un sorbo. Era curioso, porque se sentía como si estuviera comprometido de verdad y, sin embargo, aquello era algo temporal.

Violet levantó la copa y sonrió.

—Enhorabuena, Cam. Me alegro de que hayas firmado el contrato.

—Gracias —a él no se le ocurría otra persona con

la que quisiera celebrarlo. A sus padres no le inte-
resaba y, aunque Fraser siempre se alegraba de sus
éxitos, no era lo mismo.

–Sobre nuestra conversación de antes... –dijo
Cam.

–Está bien, Cam –dijo Violet–. Lo comprendo.

–Para las mujeres es difícil cuando se quedan
embarazadas. Lo sé –dijo Cam–. Incluso hoy día,
que hay mucho apoyo externo. Es una decisión que
te cambia la vida.

–¿Tu madre alguna vez consideró tener...? –Violet no fue capaz de terminar la frase.

–Sí y no –Cam se apoyó hacia delante para dejar
la copa–. Me tuvo porque pensaba que así podría
mantener a mi padre a su lado. Cuando eso salió
mal, deseó haberse librado de mí para poder haber
terminado sus estudios.

Violeta frunció el ceño.

–¿Te lo ha dicho así?

–Un par de veces.

–¡Eso es terrible! Ningún niño debería oírle decir algo así a sus padres.

–Sí, bueno, al fin y al cabo, trunqué las expectativas de mi madre. Yo culpo a mi padre por no haberla apoyado. Él continuó con su carrera sin pensar en la de ella –Cam le pasó a Violet el cuenco de
frutos secos–. ¿Alguna vez has pensado en volver a
estudiar y terminar tu carrera?

–No, ahora no me interesa volver a estudiar.

–Estabas haciendo Historia y Literatura Inglesa,
¿no? ¿Siempre quisiste ser profesora?

Ella miró a otro lado y se limpió los dedos con
una servilleta.

–No estoy hecha para enseñar. Me agobiaría cuando tuviera que tratar con niños difíciles, y con sus padres. Estoy contenta en mi trabajo.

–¿De veras?

–En realidad, no, pero se me da bien.

–Solo porque seas buena en algo no significa que tengas que hacerlo toda tu vida. Y menos si te aburre –dijo Cam–. ¿Por qué no estudias por Internet?

Violet dejó la copa a un lado, aunque solo había bebido un par de sorbos.

–¿Podemos hablar de otra cosa?

Cam se inclinó hacia delante y apoyó los brazos sobre los muslos.

–Eh, no te pongas así. Solo trataba de ayudarte a encaminar tu vida.

–No necesito encaminar mi vida. Está bien como es, muchas gracias. En cualquier caso, eres tú el que tiene que encaminar la suya.

–No hay nada malo con mi vida.

–Lo dice el hombre que solo sale con mujeres con las que no conecta emocionalmente. ¿Qué pasa, Cam? ¿Por qué te da tanto miedo sentir algo por alguien?

«Por la posibilidad de perderlos».

Como su madre había perdido a su padre y a todos sus compañeros de vida. Era un patrón que no podía romper, desde que la única persona a la que había amado de verdad decidió que no la quería a ella.

Cam no quería ser esa persona. La persona dispuesta a darlo todo por una relación, solo para que lo dejaran cuando apareciera alguien más emocionante.

Él era el que controlaba las relaciones.

Empezaba una cuando quería, y la terminaba cuando había llegado el momento.

–No estábamos hablando de mí –dijo Cam–. Estábamos hablando de ti. De cómo estás permitiendo que una cosa mala que te sucedió en el pasado te impida alcanzar todo tu potencial.

–¿Y no es eso lo que estás haciendo tú? Estás permitiendo que el divorcio de tus padres te impida disfrutar de la felicidad, porque te preocupa no ser capaz de quedarte con la persona que amas.

¿Y qué pasaba si era así? De todos modos, no estaba enamorado de nadie. «¿Estás seguro?». Cam pestañeó. Por supuesto que quería a Violet. Siempre la había querido, pero eso no significaba que estuviera enamorado de ella.

«Lo estás».

«No, no lo estoy».

La batalla continuó en su cabeza. Estaba confundiendo el deseo con el amor. El sexo era estupendo, el mejor que había tenido nunca, pero eso no significaba que quisiera atarse a una relación formal. Era un ser libre. El matrimonio y los hijos no estaban en su radar. Violet había nacido para ser madre. Se volvía loca cuando veía un bebé. Y bordaba ropa de bebé como afición. Incluso los cachorros la enternecían. Llevaba planificando el día de su boda desde que era una niña. Él había visto fotos de ella y sus hermanas jugando a las bodas. Con solo cuatro años, estaba adorable vestida con el velo que había llevado su madre y unos zapatos de tacón.

¿Cómo podía pedirle que sacrificara ese sueño por él?

Violet se mordió el labio inferior.

–¿Estás enfadado conmigo?

Cam le agarró la mano.

–No, por supuesto que no. ¿Te apetece bailar?

–¿Quieres bailar?

–Claro, ¿por qué no? –se puso en pie–. Puede que no se me den muy bien los bailes de las Highlands, pero me las apaño con un vals o una samba.

Ella lo rodeó por el cuello y acercó la cintura a la suya, cerca de donde el deseo se estaba haciendo patente.

–No pretendía sermonearte, Cam. Odio cuando la gente me sermonea a mí.

Cam la besó en la boca.

–Yo también lo siento.

Violet siempre se había mantenido al margen en los bailes locales de su ciudad. Solía observar a sus padres con envidia, porque ellos se movían por la pista como si fueran una única persona, y no dos. No obstante, entre los brazos de Cam se movía por la pista al ritmo de la música, como si hubiera nacido para ello. Él la guiaba y la miraba sonriente.

–Si le cuentas esto a tu hermano, te mato –dijo Cam.

Violet se rio.

–Alguien debería grabarnos porque nadie se creerá que he bailado tres canciones contigo sin hacerte daño... ¡Uy! Eso me pasa por hablar –miró los pies de Cam–. ¿Te he hecho daño?

–No –la guio hacia el otro lado, estrechándola contra su cuerpo.

A Violet le encantaba sentir sus brazos alrededor, pero la letra de la canción le recordó que no quedaba mucho para que se separaran. ¿Cuánto tiempo llevaba enamorada de él? No estaba segura. Era algo que había surgido poco a poco, que había ido despertando su mente y su cuerpo. Y cada momento que pasaba con él, lo amaba todavía más. Y eso haría que le resultara más difícil terminar con su relación. ¿Había cometido un error al permitir que llegaran tan lejos? Si no lo hubiera hecho, no habría conocido su magia. Y nunca habría descubierto la cantidad de placer que su cuerpo era capaz de dar y de recibir.

Cuando terminó la canción, Cam la guio hasta la mesa para recoger los abrigos. Violet se contuvo para no estremecerse cuando él le retiró el cabello de la nuca, al ayudarle a ponerse el abrigo. Ella se volvió para mirarlo y sintió un nudo en el estómago al ver la expresión de su mirada:

—¿Es hora de irse a casa?

Él puso una sonrisa sexy.

—Si es que llego tan lejos.

Nada más entrar por la puerta, Violet se quitó el abrigo y se lanzó a los brazos de Cam. Él la besó de forma apasionada e introdujo la lengua en su boca, con unos movimientos parecidos a los que deseaba hacer con otra parte del cuerpo.

Le desabrochó la cremallera del vestido y metió la mano bajo la tela para estrecharla contra su cuerpo. Continuó besándola y mordisqueándole el labio inferior hasta que el deseo se apoderó de Violet con fuerza. Ella agarró su camisa y estiró de ella, provocando que los botones saltaran por los aires. Necesitaba sentir su piel bajo la palma de la mano. Le desabrochó la cremallera del pantalón y le bajó la ropa interior. Agarró su miembro con la mano, masajeándoselo, acariciándoselo, hasta que él tuvo que esforzarse por mantener el control. Se arrodilló frente a él, ignorando sus protestas, y le cubrió el miembro con la boca.

Él permitió que lo torturara unos instantes, pero después la levantó y la apoyó contra la pared, quitándole el vestido y dejándola en ropa interior y zapatos de tacón. Le cubrió la entrepierna con la mano, presionando el centro de su feminidad y besándola con desesperación.

Violet lo sujetó por el trasero para estrecharlo contra su cuerpo.

—Por favor... —suplicó. Lo deseaba más de lo que lo había deseado nunca.

Cam le bajó la ropa interior y buscó un preservativo. Se lo puso y volvió junto a ella, penetrándola de una sola vez. Después, marcó un ritmo furioso, como no había hecho nunca. Era como si una fuerza se hubiese apoderado de su cuerpo. Una fuerza que no era capaz de controlar. La misma fuerza que la invadía por dentro, haciendo que ella gimiera y arqueara la espalda para conseguir que él la rozara donde más lo deseaba.

Él le agarró una pierna y se la colocó alrededor de la cadera. Comenzó a acariciarla con los dedos, provocando en ella una ola de potentes sensaciones.

Cam llegó al orgasmo tras tres rápidos movimientos, y gimió con fuerza.

Violet sintió que le temblaban las piernas y se agarró a la camisa de Cam.

—Vaya, deberíamos ir a bailar más a menudo.

Él soltó una risita.

—Sin duda.

Violet se puso la ropa otra vez, mientras él se deshacía del preservativo. Si alguien le hubiera dicho una semana antes que llegaría a comportarse con tanto descaro y abandono, no se lo habría creído. Con Cam todo era diferente. Se sentía segura para expresarse sexualmente porque sabía que él nunca le pediría que hiciera algo con lo que no se sintiera cómoda. Cam siempre le daba prioridad a que ella sintiera placer. Adoraba su cuerpo, en lugar de utilizarlo únicamente para satisfacer su deseo.

—El sábado tendremos la oportunidad de bailar en la boda de mi padre —dijo Cam, cuando llegaron al piso de arriba para acostarse.

—No pretendes que vaya contigo de verdad, ¿no?

Él estaba sentado en el borde de la cama, desabrochándose los zapatos.

—Por supuesto que quiero que vayas. Podemos volar a Drummond Brae esa misma noche. La boda es por la mañana, así que llegaremos a tiempo para celebrar la Navidad.

—No lo sé...

—¿Qué ocurre?

—A tu padre no le importará si yo no voy. Ni siquiera se dará cuenta.

—Puede que no, pero yo quiero que estés. Soy el

padrino. Mi padre lo ha organizado todo para que estés conmigo en la mesa.

Violet pensó en las fotos que sacarían de la boda. ¿Cómo iba a aparecer en las fotos familiares que durarían años? La gente diría al verlas: «Esa es la chica con la que Cam estuvo comprometido dos semanas». Los álbumes de las bodas se guardaban toda una vida. Sería el recordatorio de la locura que nunca debería haber aceptado hacer.

¿Cómo iba a fingir ser lo que no era en un evento tan importante? Sería un sacrilegio para ella.

—No creo que deba ir a la boda de tu padre. No pertenezco a tu familia.

Él se levantó de la cama y guardó la corbata en un cajón.

—Sí que perteneces. Eres mi prometida.

—¿Querrás decir tu falsa prometida?

—No tuviste ningún problema a la hora de mentir a tus compañeras de trabajo, ni a tu familia. ¿Por qué no puedes hacerlo con la mía?

—No voy a ir, Cam. No puedes obligarme.

Cam se acercó a ella y puso las manos sobre sus hombros.

—Violet, estamos juntos en esto. Solo será hasta después de Navidad. No es mucho pedir que vengas conmigo a la boda.

Violet lo miró a los ojos.

—¿Para qué quieres que vaya? Es el quinto matrimonio de tu padre. Será una farsa acerca del verdadero significado del matrimonio. No podré soportar formar parte de ella. Para mí será como reírme de algo que respeto profundamente. ¿Por qué es tan importante para ti que te acompañe?

Cam dio un paso atrás.

–De acuerdo, no vayas. No te culpo. Ojalá yo tampoco tuviera que ir.

Violet se percató de lo mucho que Cam temía ir a la boda de su padre. Igual que había temido reunirse con él para tomar una copa. Si no lo acompañaba a la boda, tendría que enfrentarse a ello él solo. Era lo menos que podía hacer por él. Cam la había acompañado a la fiesta de Navidad de su oficina. Y la había ayudado cuando entraron a robar en su piso. Había estado a su lado en todo momento. Se acercó a él y lo rodeó por la cintura.

–Está bien, iré contigo, pero solo porque me preocupo por ti y no me gusta la idea de que tengas que ir solo.

Él se volvió y le acarició la mejilla.

–Odio tener que hacerte pasar por ello. Si se parece a la última boda, será terrible. Terminará a media tarde y podremos volar a Escocia para estar con tu familia.

Violet se puso de puntillas para besarlo en los labios.

–No puedo esperar.

La iglesia estaba llena de flores y a cada lado del altar había un gran ramo de rosas rojas. Violet se sentó en un banco y observó a Cam mientras subía al altar con su padre. Ross estaba bromeando con los otros dos padrinos y aunque Violet estaba sentada algunas filas más atrás, se preguntaba si no iría un poco bebido. Tenía las mejillas coloradas y se movía de forma algo descoordinada. Quizá fueran los nervios de la boda. No. Ross McKinnon era el tipo de hombre que nunca se ponía nervioso. Disfrutaba siendo el centro de atención. Para Violet resultaba asombroso. A ella le gustaban las bodas donde el novio estaba nervioso y emocionado ante la llegada de la novia. Como la de su hermano Fraser. Él no paró de mirar el reloj y de tragar saliva a cada momento. Había sido una boda preciosa y Cam fue un gran padrino.

Violet miró a Cam otra vez. Parecía sereno. Demasiado sereno. Él la miró y sonrió. Le encantaba su sonrisa. Solo sonreía así cuando la miraba a ella. Y la manera en que se iluminaba su mirada la hacía feliz. Ella se alegraba de haber ido a la boda. Era lo correcto, a pesar de que era el tipo de boda equivocada.

El órgano comenzó a tocar la *Marcha nupcial* y todo el mundo se volvió hacia la puerta de la iglesia. Había tres damas de honor vestidas de manera que no resultaban nada favorecidas. ¿Tatiana había elegido a esas amigas asegurándose de que no destacarían más que ella? Aunque eso era difícil. Violet oyó que la gente exclamaba al ver a la novia. Tatiana vestía un traje de raso blanco con una abertura que le llegaba casi hasta la cintura. También tenía un escote pronunciado que dejaba entrever su vientre ligeramente abultado por el embarazo. Violet puso cara de horror al ver que el pecho derecho de Tatiana estaba a punto de escapar de su vestido. Por detrás, el traje también tenía una abertura hasta el trasero, y el velo no lo ocultaba demasiado.

Parecía que Ross no podía esperar para acariciar a su novia y no paraba de hacer bromas delante de Cam. Él estaba visiblemente tenso. Violet estaba

enfadada. Qué espectáculo más inapropiado y pobre Cam, que tenía que presenciarlo.

Después empeoró.

Ross y Tatiana habían escrito los votos, pero no
eran declaraciones románticas y sinceras, sino lo
contrario de lo que debía ser una ceremonia. Por
fin, los declararon marido y mujer y Ross y Tatiana
se besaron durante tanto tiempo, mientras Ross
acariciaba todo el cuerpo de su esposa, que varios
miembros de la congregación se marcharon.

El banquete fue poco más que una fiesta de bo-
rrachos. Nadie sabía cómo Cam consiguió dar su
discurso mientras su padre hacía bromas inapropia-
das y bebía montones de champán.

Cuando Cam se sentó a su lado, Violet le agarró
la mano bajo la mesa y se la apretó.

—Esto debe de estar matándote —le dijo.

—Pronto acabará —sonrió él—. ¿Cómo lo llevas
tú?

—Estoy bien, aunque me siento un poco tonta
aquí, en la mesa principal. A Tatiana no le gusta, no
deja de mirarme mal.

—Porque le haces sombra —dijo Cam.

Violet se puso radiante al oír su cumplido. Él la
miró como diciéndole: «te deseo».

—Voy a empolvarme la nariz. ¿Crees que podemos marcharnos después, o tendremos que esperar
a que tu padre y Tatiana se marchen?

Él miró el reloj.

—Quedémonos una hora más y luego nos vamos.

Cuando Violet regresó del baño, vio que Ross
llevaba a una de las damas de honor de la mano
hasta detrás de un arreglo floral que había en un

rincón. La dama de honor se estaba riendo y Ross estaba besuqueándola. Violet estaba tan asombrada que no podía dejar de mirar. ¿Es que Ross no tenía vergüenza? Solo llevaba casado unas horas y ya estaba siendo infiel. ¿Es que el compromiso no significaba nada para él?

Violet se volvió y se dirigió hacia donde Cam la estaba esperando. No podía permanecer allí ni un minuto más. Le ofendía el hecho de que la pareja hubiera pronunciado palabras que no creía, y también verlos comportarse como si fueran adolescentes. No le extrañaba que Cam fuera contrario al matrimonio.

–¿Qué ocurre? –preguntó él, al ver que ella agarraba su chal del respaldo de la silla.

–No aguanto ni un minuto más –dijo Violet–. Tu padre está ligando con una de las damas de honor en el recibidor.

Cam no pareció sorprendido.

–Sí, bueno, te presento a mi padre.

–Vamos –dijo Violet–. Salgamos de aquí. Me está poniendo nerviosa. Oh, cielos. Mira a Tatiana. Tiene la lengua en la oreja del padrino. Parece que está haciendo un baile erótico con él.

Cam agarró a Violet de la mano y la sacó de la sala.

–Siento que hayas tenido que presenciar esta locura, pero me alegro de que hayas venido. Habría sido insoportable venir sin ti.

Violet todavía estaba pensando en el comportamiento de Ross y Tatiana cuando llegaron a casa para recoger sus cosas para marcharse a Escocia.

–No puedo creer que compartas parte de su

ADN. No te pareces en nada. Tú eres un hombre decente y con principios. Estoy segura de que, si algún día te casaras, no estarías ligando con la dama de honor un par de horas después de la boda. ¿Qué le pasa?

Cam se quitó el abrigo y lo colgó en el perchero.

–Ya hemos tenido esta conversación muchas veces –le dijo–. No quiero casarme.

Violet sintió que esas palabras iban directas a su corazón. ¿No pensaba casarse nunca? Ella se lo había oído decir, pero ¿no había cambiado algo entre ellos? Él se preocupaba por ella. Hablaba con ella sobre cosas que no había hablado con otras personas. La había invitado a su casa. ¿Cómo podía hacerle el amor de esa manera y no sentir nada por ella? Le había comprado un anillo de compromiso. Y no cualquier anillo, uno especial. Seguro que significaba que la quería más de lo que él quería admitir.

Violet comprendía por qué era tan reacio al matrimonio, pero, en el fondo, tenía la esperanza de que llegara a querer casarse con ella y tener un matrimonio como el de sus padres, respetuoso y duradero.

–No hablas en serio, Cam. En el fondo quieres lo que yo quiero. Lo que tienen mis padres y mis hermanos. Tú has visto que existen los matrimonios buenos. No puedes permitir que el terrible comportamiento de tu padre te afecte de esa manera. No estás viviendo su vida, estás viviendo la tuya.

Cam se quedó bloqueado. Violet lo conocía tan bien como para saber que se sentía acorralado. Él frunció el ceño y se puso serio.

–Violet.

–No lo hagas –dijo Violet–. No emplees ese tono

de profesor para hablar conmigo, como si fuera demasiado estúpida como para saber de qué estoy hablando. No te estás enfrentando a lo que tienes delante. Sé que te preocupas por mí. Y que me quieres más de lo que quieres admitir. No puedo seguir fingiendo que estoy comprometida contigo cuando es lo que deseo de verdad.

–Entonces, puedes esperar todo lo que quieras, porque no voy a cambiar de opinión.

Violet sabía que había llegado el momento de poner un límite. ¿Cuánto tiempo podía seguir confiando en que él viera las cosas de otro modo? ¿Y si mantenía aquella relación durante meses y meses, o incluso años, y no pasaba nada? Todos sus sueños se destruirían. Y la esperanza de tener una familia también. No podía abandonar todo eso. Ella lo amaba. Lo amaba de forma desesperada, pero no podía dejarse llevar por una relación que no iba a ningún sitio. Tenía que hacerle ver que no tenían futuro sin un compromiso de verdad.

Nada de aventuras.

Nada de compromisos fingidos.

Violet respiró hondo y dijo:

–Entonces, no quiero que vengas a Drummond Brae conmigo. Prefiero ir sola.

Resultaba difícil saber si sus palabras lo habían afectado, porque Cam no movió ni un solo músculo del rostro.

–Muy bien.

«¿Muy bien?». Violet notó que se le encogía el corazón. ¿Es que no sentía nada por ella? Quizá no la amaba. Quizá todo había sido una aventura de conveniencia. «Has de ser fuerte», se recordó. Sabía que él esperaba que ella se adaptara. Era lo que siempre hacía. Odiaba herir los sentimientos de otras personas, así que terminaba diciendo que sí cuando quería decir no.

–¿Es tu decisión final?

–Violet, estás siendo poco razonable...

–¿Yo estoy siendo poco razonable? –dijo Violet–. ¿Qué tiene de poco razonable querer ser feliz? No puedo ser feliz contigo si no estás comprometido conmigo al cien por cien. No puedo vivir así. No quiero perderme todo lo que he soñado desde que soy pequeña. Si no quieres lo mismo que yo, ha llegado el momento de dejarlo antes de que nos hagamos daño el uno al otro.

–Nunca he tenido intención de hacerte daño –dijo Cam.

«Acabas de hacerlo».

–Tengo que irme o perderé el vuelo –Violet pasó junto a Cam para recoger su bolsa de la habitación de arriba.

Él no la siguió. Cuando regresó, lo encontró en el recibidor con una expresión indescifrable en el rostro.

–Te llevaré al aeropuerto –dijo él.

–No es necesario –dijo Violet–. Ya he llamado a un taxi –se quitó el anillo de compromiso y se lo entregó–. Ya no lo necesitaré.

–Quédatelo.

–No quiero quedármelo.

–Véndelo y dale el dinero a una causa benéfica.

Violet dejó el anillo sobre la mesa, junto a las llaves de Cam. ¿Tenía que terminar así? ¿Como si fueran extraños al final de la aventura? ¿Por qué él no la agarraba por los hombros y la giraba para mirarla con una sonrisa? Ella se volvió para mirarlo, pero nada en su expresión indicaba que estuviera dolido por la decisión.

—Adiós, Cam. Supongo que te veré cuando nos crucemos.

—Supongo que sí.

Violet se puso los guantes y la bufanda.

«No llores».

—Ya está. Tendré que recoger el resto de mis cosas cuando vuelva. ¿Espero que te parezca bien que las deje aquí hasta entonces?

—Por supuesto.

Se hizo un silencio.

Violet oyó que el taxi pitaba en la calle. Cam agarró su bolsa y le abrió la puerta para acompañarla al coche. No podía haberle dejado más claro que estaba conforme con la decisión de que se marchara sin él.

Violet se metió en la parte de atrás del coche sin darle un beso de despedida. Solo podía aguantar cierto dolor de corazón. Si lo tocaba por última vez, se derrumbaría. Si había terminado, había terminado. Era mejor que fuera algo rápido y sencillo.

Al parecer él sentía de la misma manera, porque cerró la puerta del taxi y se retiró del bordillo como si no pudiera esperar a que se marchara.

—¿Vuelve a casa por Navidad? —le preguntó el taxista.

Violet tragó saliva al ver que la silueta de Cam desaparecía de la vista.

—Sí —dijo ella con un suspiro—. Vuelvo a casa.

Capítulo 9

CAM PERMANECIÓ mirando el taxi hasta que desapareció. «¿Qué estás haciendo?». Ser sensato, eso es lo que estaba haciendo. Si la perseguía y le suplicaba que se quedara, ¿qué conseguiría? Unas semanas, unos meses de la mejor relación que había tenido nunca, pero nada más. Eso es lo que tendría.

Regresó a la casa y recogió el anillo de compromiso de la mesa. Todavía estaba caliente del contacto con el dedo de Violet. ¿Por qué se sentía tan aturdido?

Violet lo había dejado destrozado con su ultimátum. Ya estaba bastante enfadado por la ridícula boda que había celebrado su padre. Y ella no había podido elegir peor momento para hablar sobre el futuro de su relación. Ver a su padre actuando como un adolescente durante la ceremonia, y saber que había estado ligando con una de las damas de honor durante el banquete había hecho que Cam se sintiera avergonzado. Tanto que quería distanciarse con cualquier cosa que tuviera que ver con las bodas. Solo la palabra hacía que se sintiera enfermo. ¿Por qué lo había hecho? ¿Por qué lo presionaba cuando ya habían hablado de ello? Él había sido sincero al respecto. No le había contado ninguna

mentira, ni había hecho falsas promesas, haciéndole
creer que había una vasija llena de oro al final del
arcoíris. No habían estado juntos bastante tiempo
como para hablar de matrimonio, ni aunque él fuera
el tipo de hombre que quisiera casarse. Si fuera a
proponerle matrimonio de verdad, lo haría cuando
a él le llegara el momento, no porque se lo exigieran.

«Ve a buscarla».

Cam dio un paso hacia la puerta, pero se detuvo.

Por supuesto, tenía que dejarla marchar. Ella deseaba más de lo que él estaba preparado para dar.
Quería un cuento de hadas. Se merecía el cuento de
hadas. Toda su vida había estado esperando al Príncipe Azul y Cam solo se estaba interponiendo en su
camino.

Paseó de un lado a otro, debatiéndose entre salir
detrás de ella o quedarse para intentar conseguir
mantener su vida bajo control. Él suspiró y llegó al
salón. Se sentó en uno de los sofás y se cubrió el
rostro con las manos. Se sentía como si alguien le
hubiera arrancado el corazón.

Si eso era lo que debía hacer, ¿por qué se sentía
tan mal?

Violet no reunió el valor suficiente para decirle a
sus padres que Cam y ella se habían separado,
cuando la madre le escribió un mensaje de texto
preguntando a qué hora llegaban. Solo les dijo que
llegarían por separado debido a que Cam tenía algunos compromisos relacionados con la boda de su
padre. Sabía que era una cobarde, pero no podía
decepcionarlos de ese modo, y menos cuando a ella

todavía le resultaba muy doloroso. Embarcar en el avión en Heathrow había sido uno de los momentos más solitarios de su vida. Hasta el último instante imaginó que Cam aparecería corriendo, que la abrazaría y le diría que había cometido el error más grande de su vida dejándola marchar.

Sin embargo, no apareció. Ni siquiera le había escrito un mensaje de texto. ¿No era esa la prueba de que estaba aliviado porque la relación hubiera terminado? Al darle un ultimátum, le había ofrecido una escapatoria. Y él la había aprovechado.

La madre de Violet la recibió en el aeropuerto con un gran abrazo.

—¡Cariño! Me alegro mucho de verte. Tu padre está en casa preparando tartaletas de carne. ¿Has visto qué lindo, intentando ayudar? Tenías que ver el lío que ha hecho en la cocina. Nos pasaremos semanas recogiendo harina. ¿A qué hora llega Cam? Solo hay dos vuelos más esta noche. Ya lo he mirado. Espero que no pierda el suyo. He preparado la habitación del lado este para vosotros. Es como una suite de luna de miel.

Violet permitió que su madre continuara ilusionada y no dijo nada.

Cuando llegaron a Drummond Brae, el padre de Violet estaba en la puerta con un delantal lleno de harina. Al verlas, bajó corriendo los escalones y abrazó a Violet levantándola por los aires.

—Bienvenida a casa —le dijo—. Entra, que hace frío. Va a nevar. Ya han caído un par de copos.

Violet entró en la casa y se encontró con una pancarta colgada en el recibidor. *Enhorabuena, Cam y Violet*. También había globos de helio con sus nombres que flotaban en el aire junto a la puerta.

El abuelo de Violet apareció caminando con un andador.

–Enséñame tu anillo, pequeña Vivi –dijo con una sonrisa de oreja a oreja.

Violet tragó saliva para deshacer el nudo que tenía en la garganta y no se quitó los guantes para no mostrar que no llevaba el anillo. ¿Cómo diablos iba a decírselo? El resto de la familia entró corriendo. Fraser y Zoe con los gemelos, Ben y Mia, y Rose y Alex con Jack y Jonathon. Por supuesto, Gertie, la vieja golden retriever de la familia.

–¡Tía Violet! ¿Me has traído un regalo? –preguntó Ben con una sonrisa. Se parecía tanto a Fraser que a Violet se le encogió el corazón.

–¿Puedo llevar las flores en tu boda? –preguntó Mia, abrazando a Violet por la cintura.

Rose y Lily la saludaron con un gran abrazo.

–Ya hemos empezado con el champán –dijo Rose–. Bueno, Lily no, por supuesto, pero yo me estoy bebiendo su parte.

–¿Cuándo llega Cam? –preguntó Lily.

–Eh... –Violet notó que las lágrimas se agolpaban en sus ojos–. Espera llegar a tiempo para la cena de Navidad –«cobarde», se amonestó en silencio.

Su hermano Fraser se acercó para darle un gran abrazo.

–Me alegro mucho por vosotros. Siempre he sabido que le gustabas a Cam.

–Yo también –dijo Rose, sonriendo–. En Semana Santa no era el mismo, ¿recuerdas, Lil? ¿Te acuerdas cuando le pedí que le llevara un bizcocho a Vivi y él se sonrojó y dijo que tenía que hacer una llamada?

—Me alegro mucho por ti, Vivi. Así estaremos casadas las tres. ¿Cuándo vais a tener hijos? Estaría muy bien que nuestros hijos tuvieran edades parecidas.

Gertie se acercó a Violet moviendo la cola y la miró como diciendo: ¿Qué te pasa?

Violet no podía soportar más.

—Tengo algo que deciros...

A Rose se le iluminaron los ojos.

—¿Estás embarazada?

Violet se mordió el labio inferior.

—Cam y yo no estamos comprometidos.

El silencio se hizo tan intenso que nadie se movió. Ni siquiera los niños. Todos la miraban como si les hubiera dicho que tenía una enfermedad contagiosa.

—Oh, linda —la madre se aceró y la abrazó, balanceándola de un lado a otro como si fuera un bebé—. Lo siento muchísimo.

El padre las abrazó a las dos, dándole golpecitos a Violet en la espalda.

Rose y Lily les pidieron a los niños que salieran de allí, y Fraser ayudó al abuelo a sentarse junto a la chimenea del salón. Cooper, el marido de Lily, y Alex, el marido de Rose, entraron en el recibidor y, al ver la escena, se marcharon rápidamente.

—¿Qué ha pasado? —preguntó la madre de Violet—. ¿Ha sido él quien ha roto el compromiso?

—No, he sido yo. Aunque no estábamos comprometidos. Solo estábamos fingiendo.

—¿Fingiendo? —preguntó la madre frunciendo el ceño.

Violet les explicó la situación entre sollozos.

—Es culpa mía por no querer ir a la fiesta de Navidad de la oficina sola. Debería haber ido yo sola y no ser tan estúpida. Ahora os he hecho daño a todos, he estropeado mi relación de amistad con Cam y la Navidad.

—No has estropeado nada, cariño —dijo la madre—. Quita la pancarta, Gavin. Y deja que los niños exploten los globos. Acompañaré a Violet arriba.

Violet acompañó a su madre al piso de arriba. A su antiguo dormitorio. Todos los juguetes de su infancia estaban colocados en lo alto del armario y sobre la cama. Los libros en la estantería. Era como volver al pasado, pero sintiéndose fuera de lugar. Ya no era una niña. Era una mujer adulta, con necesidades de adulta. Necesidades que Cam había despertado y había abandonado como si no significaran nada para él.

Como si ella no significara nada para él.

Su madre se sentó en el borde de la cama, junto a Violet.

—¿Estás enamorada de él?

—Sí, pero él no me quiere. Bueno, sí me quiere, pero no de esa manera.

—¿Le has dicho que lo quieres?

Violet suspiró.

—¿Qué sentido tiene? No quiere casarse, ni tampoco tener hijos.

—Supongo que eso es por la relación de sus padres —dijo la madre—, pero puede que cambie de opinión.

—No lo hará.

Su madre la abrazó de nuevo.

–Mi pobre niña. Ojalá yo pudiera hacer o decir algo para ayudar a que te sintieras mejor.

Violet se secó los ojos con la manga.

–Lo quiero mucho, pero él es reacio a casarse. En el fondo, no lo culpo, y menos después de haber asistido a la quinta boda de su padre. Es terrible. Tan terrible que no te lo puedes ni imaginar –le contó lo que había visto por encima y la madre negó con la cabeza.

–¿Lo has presionado justo después de la boda? –preguntó la madre.

Violet miró a su madre.

–¿Crees que debería haber esperado?

Su madre le apretó la mano.

–Lo hecho, hecho está. Al menos has sido sincera con él. No tenía sentido que fingieras estar contenta cuando no lo estás.

–Es el hombre perfecto para mí, mamá. Sé que no seré feliz con nadie más. Lo sé.

Su madre la miró y sonrió.

–Por tu bien, cariño, espero que eso no sea verdad.

Cam recogió las cosas de Violet para cuando ella regresara a recogerlas. Lo podía haber hecho cualquier día entre Navidad y Año Nuevo, porque ella no iba a regresar hasta el día dos de enero, puesto que había planeado pasar la semana con su familia. No paraba de repetirse que era mejor así. Que era mejor acabar la relación si no podía ofrecerle lo que ella deseaba.

Cuando se encontró con la cesta de lo que estaba bordando Violet, se le encogió el corazón. La abrió

y sacó la mantita de bebé que Violet estaba bordando con florecitas. Se la acercó al rostro, y la suavidad de la tela le recordó a la suavidad de su piel.
Incluso podía percibir el olor de su piel. Guardó la
manta en la cesta y sacó un par de patucos. Eran tan
pequeños que no podía imaginar que hubiera un bebé
con unos pies así. Empezó a imaginarse un bebé...
Uno suyo, y de Violet. Una personita con cabellos
oscuros, ojos claros y una boca pequeña.

¿Y si Violet estuviera embarazada? Habían tenido cuidado, pero los accidentes ocurrían a veces.
¿Debía llamarla? No. Era demasiado pronto. Necesitaba más tiempo para aclararse. No estaba acostumbrado a tantas emociones. A ese sentimiento de
pérdida que lo hacía sentir vacío.

Cam agarró una chaqueta que tenía veleritos
bordados cerca del cuello. Acarició los dibujos,
preguntándose cómo sería tener un hijo. Su padre
no había sido un padre activo, pero Cam no podía
imaginar que alguien no quisiera estar implicado en
la vida de su hijo. Ver cómo iba creciendo, contarles cuentos por la noche... todas las cosas que habían hecho los padres de Violet y que hacían con
sus nietos cuando se quedaban con ellos.

Guardó la chaqueta y sacó una rebeca de color
rosa, tan pequeña que parecía para una muñeca.
¿Cómo sería tener una hija? Presenciar su primera
sonrisa, sus primeros dientes, sus primeros pasos. Y
su primera cita. Acompañarla hasta el altar. Con-
vertirse en abuelo...

Cam nunca había pensado en tener sus propios
hijos. Bueno, lo había pensado alguna vez, pero
enseguida lo había dejado pasar. Como cuando en-

tró en el salón de Drummond Brae en Semana
Santa y vio a Violet acurrucada en el sofá con un
gorrito de bebé en las manos. Fue un recordatorio
de la responsabilidad que trataba de eludir.

De pronto, se preguntó por qué estaba trabajando tanto si no tenía con quién compartirlo. ¿Qué
sentido tenía? ¿Terminaría convirtiéndose en un
hombre solitario y acabaría sus días sin estar rodeado de una familia que lo quisiera? Sin pasar la
Navidad con toda la familia alrededor del árbol,
intercambiando regalos, sonrisas y amor.

Cam guardó la rebeca en la cesta y cerró la tapa.
¿Qué estaba haciendo? Era mejor así. Violet estaba
mucho mejor sin él y su familia, ya que lo único que
harían sería crearles problemas en cuanto tuvieran
la menor oportunidad. Él no estaba hecho para el
matrimonio, ni para el compromiso. Estaba demasiado centrado en su carrera profesional. No tenía
tiempo para invertir en una relación a largo plazo.

Cam había asistido a tres bodas de su padre y
nunca había prestado demasiada atención a los votos. No obstante, al oír que su padre hacía todas
esas promesas durante la ceremonia, sintió que se
le formaba un nudo en el estómago, puesto que su
padre no creía en ellas. Solo eran palabras vacías,
porque su padre no tenía intención de comprometerse de verdad con su nueva esposa. Cualquiera
podía decir que amaría a alguien durante el resto de
su vida, pero ¿cuántas personas lo decían de verdad? Los padres de Violet sí lo habían hecho. Igual
que los abuelos Archie y Maisie Drummond cuando
se casaron hacía sesenta y cinco años.

Cam sabía que, si él hubiese pronunciado esas

palabras teniendo a Violet a su lado, se aseguraría de que fueran palabras sinceras. De pronto, lo comprendió. Ese era el motivo por el que había evitado el matrimonio y el compromiso durante todo ese tiempo, porque nunca se había imaginado diciendo esas palabras con sinceridad. No obstante, con Violet cobraban significado. Él la quería con todo su alma y su corazón. La veneraba con su cuerpo, deseaba protegerla y estar a su lado en la salud y en la enfermedad, durante el embarazo y durante el parto.

Qué idiota había sido al permitir que se marchara cuando la amaba tanto. Incluso más que a su libertad. Aunque la verdadera libertad era la capacidad de amar a alguien sin miedos, sin condiciones, sin límite.

El amor que sentía por Violet era mayor que su miedo al abandono. Mayor que su necesidad de protegerse a sí mismo del dolor. La vida no podía controlarse. La vida transcurría, independientemente de los planes que uno tuviera. Se acordó de Kenneth, el compañero de trabajo de Violet, tan enganchado a su ex esposa que era incapaz de continuar con su vida. Cam no quería estar así. Temía las consecuencias del amor, en caso de perderlo.

Amaba a Violet y se aseguraría de que nadie, ni nada, destruyera ese amor. Se enfrentarían juntos al futuro, como un equipo que siempre se respaldaba entre sí.

Cam miró el reloj. Si corría, quizá conseguía llegar al último vuelo.

Violet tomó la decisión de que no permitiría que la Navidad en familia sufriera las consecuencias de su dolorosa confesión. Participó en los juegos de mesa que siempre jugaban el día de Nochebuena, se rio con las bromas de su padre y repitió pacientemente a su abuelo todo lo que decían. Su madre no le apartaba la vista de encima, pero Violet hizo todo lo posible para asegurarle que se encontraba bien, aunque el vacío la inundara por dentro.

No podía dejar de preguntarse qué estaría haciendo Cam. ¿Estaría pasando la Navidad con su madre, o solo? ¿O quizá había quedado con una mujer nueva? No era su estilo, pero... Él valoraba su libertad, de otro modo ya habría ido a buscarla. O la habría llamado. Sin embargo, no lo había hecho. No era justo que ella estuviera en las Highlands con el corazón roto mientras él estaba en Londres viviendo como un playboy. ¿La echaba de menos? ¿Estaría pensando en ella?

—Bueno, nos vamos a la cama —anunció Fraser, y agarró la mano de Zoe—. Los niños se levantarán a las cuatro para buscar los regalos.

Zoe miró a Violet con lástima.

—¿Estás bien, Vivi?

Violet forzó una sonrisa.

—Rose y yo vamos a bebernos esa botella de champán que está ahí, ¿verdad, Rose?

Rose la miró como disculpándose y agarró la mano de Alex, su esposo:

—Lo siento, Vivi, pero ya he bebido demasiado.

—A mí no me mires —dijo Lily, cubriéndose el vientre con la mano—. Yo no puedo beber.

—¿Sacarás a Gertie para que haga pis, cariño? —le preguntó la madre—. Tu padre y yo tenemos que rellenar el pavo.

Violet se puso el abrigo y los guantes y sacó al perro a pasear. Estaba nevando una pizca, pero no cuajaba. ¡Vaya Navidad mágica! Quizá iban a ser una de esas Navidades grises y deprimentes, algo que encajaría con su estado de ánimo.

Gertie no estaba contenta paseando por el jardín y comenzó a olisquear el suelo, siguiendo un aroma en dirección a la cabaña. Violet sacó una linterna de la mesa del recibidor y siguió al perro.

La cabaña estaba iluminada por la luna y resaltaba junto al bosque oscuro.

Violet se detuvo al borde del agua mientras Gertie olisqueaba entre las sombras. Se oía el ulular de un búho en la distancia.

De pronto, se oyó el ruido de una ramita rompiéndose bajo el pie de alguien.

Violet se giró y alumbró hacia el sonido.

−¿Quién está ahí?

Cam apareció en el haz de luz.

−Soy yo.

Violet sintió que se le encogía el corazón.

−¿Cam?

Él se cubrió los ojos con el brazo.

−¿Quieres dejar de alumbrarme con eso?

−Lo siento −bajó la linterna−. Me has asustado.

Él se acercó y Gertie lo saludó con entusiasmo. Cam se agachó para acariciar al perro y después dijo:

−Siento lo que ha pasado hoy. Me equivoqué al dejarte marchar así. Me dejé abrumar por sentimientos que no quería admitir. No obstante, ahora los admito. Te quiero, Violet. Te quiero y me gustaría pasar el resto de la vida contigo. ¿Te casarás conmigo?

Violet lo miró, preguntándose si lo estaba imaginando.

—¿Acabas de pedirme que me case contigo?

Él sonrió y a Violet se le aceleró el corazón. Era su sonrisa. La que le dedicaba únicamente a ella.

—Eso es. Quiero tener hijos contigo. Podemos ser una familia, como tu familia. Podemos hacerlo porque somos un equipo que se apoya.

Violet lo abrazó y apoyó la cabeza contra su torso.

—Te quiero mucho. Se me partió el corazón cuando me fui de tu lado, pero tenía que hacerlo. No estaba siendo sincera conmigo, ni contigo. La boda de tu padre me lo demostró. No podía seguir fingiendo.

—Cuando te marchaste, empecé a pensar en mi padre y en la farsa de su boda —dijo Cam—. No quiere a Tatiana lo suficiente como para morir por ella. La está utilizando como un trofeo para demostrar que todavía es capaz de tener mujeres así. Siempre ha usado a las mujeres con las que ha estado. Yo sé que nunca te haría algo así. No podría. Eres el mundo para mí. No creo que pudiera amar a nadie como te amo a ti.

Violet lo miró. ¿Aquello estaba sucediendo de verdad? Cam estaba allí. En persona. Pidiéndole que se casara con él. Diciéndole que la amaba más que nada en el mundo.

—Fue un error al presionarte justo después de la boda de tu padre —dijo ella—. No me extraña que te echaras atrás. Solo la palabra «boda» era suficiente para que hubieras salido corriendo.

Él sonrió.

–No era el mejor momento, pero no importa. Siento que hayas pasado algunas horas pensando que habíamos terminado. Cuando te marchaste, entré en shock. Normalmente, cuando termino con una relación, me siento aliviado. Esta vez no ha sido así. ¿Puedes perdonarme por ser tan cuadriculado?

Violet lo rodeó por el cuello.

–No volveré a marcharme de tu lado. Nunca. Has convertido todos mis sueños en realidad. Incluso me has propuesto matrimonio junto a la cabaña.

Él sonrió y la abrazó con fuerza.

–Me temo que tenemos un minuto antes de que tu familia venga a comprobar si hay que celebrar la Navidad por todo lo alto o nos muramos congelados. ¿Te casarás conmigo, cariño?

Violet sonrió.

–Sí. Un millón de veces, sí.

–Con una vez bastará. A partir de ahora soy hombre de una sola mujer.

Ella le acarició la barbilla.

–Yo he sido mujer de un solo hombre desde hace mucho más. Creo que por eso nunca me ha entusiasmado mucho salir con alguien. Inconscientemente, te estaba esperando.

A Cam se le nublaron los ojos un instante, como si estuviera recordando que había estado a punto de perderla.

–¿Cómo he podido ser tan estúpido y no darme cuenta de que eres perfecta para mí?

Violet sonrió.

–Mi madre se dio cuenta. Estará encantada cuando se entere de que estás aquí. ¿Te ha visto llegar alguien?

–No estoy seguro. Al entrar vi que ibas hacia el lago con Gertie y te seguí.

–Nos habían hecho una pancarta –dijo Violet–. Fue un mal momento cuando la vi colgada en el recibidor. Todavía no les había dicho que habíamos terminado.

–Pobrecita. Entonces, será mejor que vayamos a darle la buena noticia. ¿Preparada?

Violet le inclinó la cabeza.

–Todavía no. Dediquémosle este momento a nuestros hijos. Quiero contarles que me besaste a la luz de la luna, igual que hicieron mis abuelos en este mismo lugar.

–Espera, me olvidaba de algo –sacó el anillo del bolsillo y se lo puso en el dedo–. No quiero que te lo vuelvas a quitar.

Violet sonrió y se giró el anillo en el dedo. Se había sentido tan extraña sin él.

–¡No puedo creer que esto esté sucediendo! Me sentía tan sola y tan perdida sin ti.

–Yo también –dijo él–. Tenía tanto miedo de perderte que terminé perdiéndote. Me arrepentiré siempre de no haberte seguido para recuperarte. Quería hacerlo, pero pensaba que estarías mucho mejor sin mí.

Oyeron el ruido de unos pasos y unos susurros.

–Parece que ha llegado la familia. ¿Quieres que demos la noticia?

Violet le inclinó la cabeza para besarlo.

–Mejor se lo demostramos.

Epílogo

Al año siguiente, en Nochebuena...

Cam miró alrededor del salón de Drummond Brae donde estaba reunida toda la familia de Violet. Bueno, su familia y la de Violet. Durante los meses de después de la boda había comprendido lo importante que es tener una familia, y lo mucho que había echado de menos tener una de verdad cuando era niño. No obstante, tenía tiempo de compensar aquello. Miró a Violet y supo que estaba ansiosa por dar la nueva noticia. Todavía no podía creer que fueran a tener un bebé. Violet acababa de pasar el primer trimestre y no podía haber mejor regalo de Navidad que decirles a sus padres que iban a tener otro nieto.

Él sonrió cuando Violet lo miró. Nunca se cansaba de mirarla. Estaba radiante, y no solo porque estuviera embarazada. Había terminado el primer semestre de la licenciatura de Literatura Inglesa. Cam se sentía muy orgulloso de ella.

El abuelo Archie estaba sentado con una mantita sobre las rodillas y un vaso de whisky en la mano. Miraba a Violet con una sonrisa. Cam se alegraba de que el abuelo, que estaba delicado de salud, disfrutara de la vida rodeado de su querida familia. Incluso Kenneth, el compañero de trabajo de Violet, había comenzado a salir con chicas otra vez. Cam le había presentado a una joven viuda que trabajaba a media jornada en su oficina, se habían gustado y estaban saliendo juntos desde entonces.

La pobre Gertie, el golden retriever, no había tenido tanta suerte. Sus cenizas se habían esparcido junto a la cabaña, no muy lejos de donde Cam le había propuesto matrimonio a Violet. Sin embargo, había un nuevo miembro en la familia. Un cachorro de diez semanas que se llamaba Nessie y que se estaba comiendo uno de los cordones de los zapatos de Cam.

—Vivi, ¿por qué no bebes ponche de huevo? —preguntó el abuelo con brillo en la mirada—. ¿Hay algo que no nos has contado?

Cam agarró la mano de Violet y se la apretó con delicadeza. Sentía el corazón lleno de amor.

—Tenemos que daros una noticia. Vamos a tener un bebé —dijo él.

—Vaya, ahora tendré que vivir un año más para conocer a ese pequeño —dijo el abuelo, sonriendo de oreja a oreja.

La madre de Violet agarró la mano de su esposo y pestañeó para contener las lágrimas.

—Estamos emocionados. Es una noticia maravillosa.

Violet colocó la mano de Cam sobre su vientre ligeramente abultado y sonrió llena de felicidad.

—Te quiero —le dijo.

Cam se inclinó y la besó.

—Yo también te quiero. Feliz Navidad, amor mío.

–Bueno, ya basta –dijo Fraser con una pícara sonrisa–. La luna de miel terminó hace seis meses.

Cam sonrió también.

–Esta luna de miel, no –abrazó a Violet–. Esta va a durar para siempre.

Bianca

Venganza... ¡por seducción!

La última persona a la que Calista esperaba ver en el funeral de su padre era al arrogante multimillonario Lukas Kalanos. Cinco años antes, después de haber perdido su inocencia con él, Lukas había traicionado a su familia y había desaparecido, dejando a Callie con algo más que el corazón roto.

Lukas quería vengarse de la familia Gianopoulous por haber hecho que lo metiesen en la cárcel, y para ello había decidido seducir a Callie. Esta pagaría por los graves perjuicios del pasado, y pagaría... ¡entre sus sábanas! Pero el descubrimiento de que Callie tenía una hija, una hija que también era suya, fue una sorpresa que iba a cambiar sus planes de venganza. ¡Calista tenía que ser suya!

DULCE VENGANZA GRIEGA

ANDIE BROCK

Acepte 2 de nuestras mejores novelas de amor GRATIS

¡Y reciba un regalo sorpresa!

Oferta especial de tiempo limitado

Rellene el cupón y envíelo a
Harlequin Reader Service®
3010 Walden Ave.
P.O. Box 1867
Buffalo, N.Y. 14240-1867

¡Sí! Por favor, envíenme 2 novelas de amor de Harlequin (1 Bianca® y 1 Deseo®) gratis, más el regalo sorpresa. Luego remítanme 4 novelas nuevas todos los meses, las cuales recibiré mucho antes de que aparezcan en librerías, y factúrenme al bajo precio de $3,24 cada una, más $0,25 por envío e impuesto de ventas, si corresponde*. Este es el precio total, y es un ahorro de casi el 20% sobre el precio de portada. !Una oferta excelente! Entiendo que el hecho de aceptar estos libros y el regalo no me obliga en forma alguna a la compra de libros adicionales. Y también que puedo devolver cualquier envío y cancelar en cualquier momento. Aún si decido no comprar ningún otro libro de Harlequin, los 2 libros gratis y el regalo sorpresa son míos para siempre.

416 LBN DU7N

Nombre y apellido	(Por favor, letra de molde)

Dirección	Apartamento No.

Ciudad	Estado	Zona postal

Esta oferta se limita a un pedido por hogar y no está disponible para los subscriptores actuales de Deseo® y Bianca®.
*Los términos y precios quedan sujetos a cambios sin aviso previo.
Impuestos de ventas aplican en N.Y.

SPN-03   ©2003 Harlequin Enterprises Limited

Deseo

Boda por contrato
Yvonne Lindsay

El rey Rocco, acostumbrado a conseguir lo que quería, se había encaprichado de Ottavia Romolo. Pero si quería sus servicios, ella le exigía firmar un contrato. Los términos eran tan abusivos que, si se hubiera tratado de otra mujer, Rocco se habría negado a sus disparatadas exigencias, pero la deseaba demasiado. Pronto comprendería que podría serle de gran utilidad, y no solo en la alcoba. La aparición de un supuesto hermanastro que reclamaba el trono lo tenía en la cuerda floja y, por una antigua ley, para no perder la Corona tenía que casarse y engendrar un heredero.

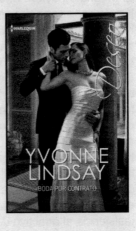

¿Sería una locura ampliar el contrato con Ottavia y convertirla en su reina?

No descansará hasta que ella sea su esposa

El magnate naviero Ariston Kavakos sospecha que Keeley Turner, una rubia espectacular, es una cazafortunas como su madre. Y el único modo de alejarla de su hermano es hacerle él mismo una proposición: un mes de empleo, a sus órdenes, en su isla privada.

Keeley acepta de mala gana la oferta de Ariston, obligada por la mala situación económica de su familia. Su resistencia al atractivo de él y a la química que hay entre ellos no tarda en debilitarse. Pero la noche espectacular que pasan juntos tiene una consecuencia no prevista…

TRAICIÓN ENTRE LAS SÁBANAS

SHARON KENDRICK